캥거루처럼 신나게, 코알라처럼 즐겁게

호주(오스트레일리아)에는 우리 나라와 달리 하늘을 찌를 듯한 빌딩이 거의 없어요. 왜냐고요? 호주는 땅이 워낙 넓어서 건물을 높이 올리지 않아도 되기 때문이에요. 그래서 도시에는 높고높은 건물 대신에 널찍한 단독 주택들이 많아요.

그런데 호주는 책값이 아주 비싸요. 그래서 엄마들은 서점에 가서 눈으로만 책을 점찍어 두고 돌아와 동네에 있는 도서관으로 달려가요. 호주에는 도서관이 한 동네 건너 하나씩 있을 정도로 많아서 얼마든지 책을 빌려 볼 수 있거든요.

또한 호주 부모님들은 아이가 글을 깨치기 전부터 좋은 동화를 골라서, 아이의 생각 나라가 넓고 커지도록 읽어 주고 또 읽어 주어요. 그래서 '읽어 주는 동화'가 매우 발달했어요.

이 책은 호주 어린이들이 가장 많이 읽고 좋아하는 이야기들을 골라서 꾸몄어요. 호주 친구들은 어떤 이야기를 읽고, 어떻게 생활하는지, 호주는 어떤 나라인지, 캥거루처럼 신나게 코알라처럼 즐겁게 호주 여행을 떠나 보세요!

호주 멜버른에서 김유진

호주(Australia)

면적으로는 세계에서 6번째로 큰 나라로 영국 연방 내의 자치국
이다. 우리 나라에서는 오스트레일리아라는 이름보다 호주라는 이
름으로 더 많이 불린다.
호주는 야생 동물을 잘 보호하는 나라로 유명하며, 특히 코알라와
캥거루는 호주의 상징이다.

Australia

- 정식 명칭 : 오스트레일리아 연방
  (Commonwealth of Australia)
- 위치 : 오세아니아 주
- 면적 : 768만 6850㎢
- 인구 : 약 2,000만
- 수도 : 캔버라
- 정체 : 연방의회제(공식적으로는 입헌군주제)
- 공용어 : 영어
- 화폐 단위 : 오스트레일리아 달러
- 나라꽃 : 아카시아

차 례

손바닥 백과

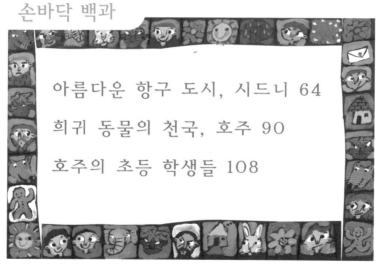

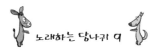

참외 먹으러 갈 건데 너도 함께 갈래?

참외? 맛있겠다!

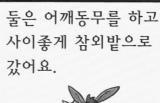

둘은 어깨동무를 하고 사이좋게 참외밭으로 갔어요.

저길 봐, 저기!

우아, 맛있겠다!

히히, 잘 먹겠습니다.

달다!

꺼억! 잘 먹었다. 오랜만에 배부르게 먹었네.

야호! 이렇게 많으니

매일 배불리 먹겠다!

둘은 저녁마다 참외밭으로 갔어요.

배가 부르니 보름달이 더 예뻐 보이네. 기분도 좋고.

노래 한 곡 불러 볼까?

뭐라고?

안 돼!

노래를 불렀다간 농부들이 다 깰 거야.

노래만 부르는 건데 뭘. 아무 일도 없을 거야.

안 돼. 넌 목소리도 나쁘잖아!

헤헤, 그 동안 노래방 가서 연습 좀 했지.

안 된대도 그러네. 농부들이 네 노래 소리를 듣는다 해도 좋은 상을 주지 않을 거야.

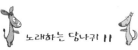

노래하는 당나귀 11

무시하지 마! 내 노래를 들으면 깜짝 놀랄걸!

맘대로 해. 난 멀리 갈 테니.

그렇담 더 크게 불러 주지.

아니, 이게 무슨 소리야?

이 못된 참외 도둑! 잘 걸렸다!

픽!

참 좋은 상을 받았 구나!

진작에 네 말을 들을걸.

엉터리 이야기

　귀여운 사내 아이가 흔들의자에 앉아 신문을 보
시는 할아버지의 팔을 흔들어 댔어요.
　"할아버지, 할아버지. 재미있는 이야기 하나만
더 해 주세요, 네?"
　"어… 어, 그래."
　할아버지는 그 날의 뉴스를 보시느라 건성으로
대답하셨어요.

"에이, 할아버지! 빨리요! 하나만요, 네?"

"그래, 알았어……."

"아이 참, 할아버지!"

사내 아이가 뽀로통해지자, 할아버지는 빙그레
웃으며 드디어 이야기를 시작하셨어요.

"옛날 옛적에 말야, '노란 모자'라고 하는 여자 아이가 있었단다."

사내 아이가 고개를 세차게 흔들었어요.

"노란 모자가 아니고요, 빨간 모자예요, 빨간 모자."

"아, 그렇지. 빨간 모자지? 그런데 엄마가 말했어요. '애야, 초록 모자야!'"

"아니, 빨간 모자라니까요!"

사내 아이가 토라지며 팩 쏘아붙였어요.

"아, 그렇지! 그래, 빨간 모자였지? 그래서 엄마가 이렇게 말했어요. '애야. 이 감자 껍질을 이모에게 갖다 드리려무나!'"

"아니에요, '할머니께 과일 넣은 빵을 갖다 드려라.' 그랬잖아요?"

"그래, 그래. 빨간 모자는 숲 속으로 갔어요. 그

런데 기린을 만났어요."

"아유, 할아버지! 무슨 말씀이에요? 기린이 아니
고요, 늑대를 만났어요."

"그런데 늑대가 빨간 모자에게 물었지. '6 곱하
기 8은 얼마지?'"

사내 아이는 화가 나서 볼이 빨개진 채 마구마구
도리질을 했어요.

"아니, 또 틀렸어요, 할아버지! 늑대가 '어디 가
니?' 하고 물었잖아요!"

"그래, 네 말이 맞다. 그래서 검은 모자가 대답
했지."

"빨간 모자라니까요! 빨간 모자. 빨강, 빨강!"

"그래, 그래. 그래서 대답했단다. 시장에 토마토
주스 사러 간다고……."

"할아버지는 엉터리! 몸이 불편하신 할머니께 엄

마 심부름을 가는데 길을 모르겠다고 대답했잖
아요!"

할아버지가 눈을 둥그렇게 뜨며 손자의 머리를
쓰다듬으셨어요.

"오, 그랬지? 그래서 말이 이렇게 말했지."

"네? 무슨 말요? 말이 어디서 나와요? 늑대였단
말예요."

"허허, 그래, 그렇지. 그래서 이렇게 말했어.
'152번 버스를 타려무나. 시장 앞에서 내려서
오른쪽으로 돌아가면 계단이 세 개 있을 거야.
그리고 그 곳에는 바닥에 동전이 하나 떨어져 있
을 거야. 계단을 오르지 말고 돈을 주워서 껌을
사 먹으렴.'"

"할아버지, 할아버지는 엉터리예요. 하나도 맞는
게 없잖아요. 그렇지만 껌은 사 주셔야 해요!"

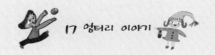

"그럴까? 옜다, 동전 한 개!"

"헤헤, 고맙습니다. 우리 할아버지 최고!"

사내 아이는 할아버지의 팔을 놓고 가게를 향해 뛰어가고, 그 때서야 할아버지는 다시 신문을 보실 수 있었답니다.

우리 할아버지 최고!

아홉 다음은 더하기 하나?

언제나 배가 고픈 토끼가 있었어요. 이 토끼는 늘 배가 고팠기 때문에 당연히 늘 기운이 없을 수밖에 없었지요. 그도 그럴 것이, 이 토끼는 풀을 뜯어 먹을 수는 있지만 사냥을 할 줄은 몰랐거든요. 그래서 고기 먹는 방법도 몰랐고, 고기를 못 먹으니 배가 고플 수밖에 없었던 거지요.

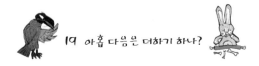

견디다 못한 토끼는 큰마음먹고 마녀를 찾아갔어요.

"에고고, 마녀님. 배가 고파서 못 살겠어요. 제발 좋은 방법 좀 알려 주세요."

"아유, 내가 알 게 뭐야. 나 좀 귀찮게 하지 마."

그러자 토끼가 마녀의 검은 옷자락을 잡고 늘어지며 애원했어요.

"저를 살려 주실 분은 마녀님밖에 없어요. 제발 좋은 방법 좀 가르쳐 주세요, 네?"

"적당히 먹고 살아. 욕심을 부리면 그 꾀에 자기가 넘어갈 수 있는 법이거든."

"아고고, 그런 걱정일랑 마시고 좋은 방법이나 가르쳐 주세요."

토끼가 하도 붙잡고 놓아 주지 않자, 마녀는 토

끼에게 공깃돌 열 개를 건네며 단단히 주의를 주었
어요.

　"이 돌에다 아주 센 마술을 걸어 두었어. 누구라
도 이 돌 열 개를 다 세면 그 자리에서 죽게 돼.
너 역시 마찬가지야. 여덟이나 아홉까지는 괜찮
지만, 열은 절대로 안 돼. 알겠지?"

　"네, 알고말고요! 열은 안 됩니다!"

　토끼는 문 밖에 앉아 마녀가 준 공깃돌을 큰 소
리로 세기 시작했어요.

　"하나, 둘, 셋, 넷, 다섯, 여섯, 일곱, 여덟, 아
홉……."

　열까지 세어서는 안 되니까 다시 처음으로 돌아
갔어요.

　"하나, 둘, 셋, 넷, 다섯……."

　마침 코끼리가 지나가다가 이 모양을 보고 다가

왔어요.

　"야, 토끼야. 너는 수도 제대로 셀 줄 모르니?
어디 이리 줘 봐. 내가 세는 것을 가르쳐 줄 테
니……."

코끼리는 으스대며 공깃돌을 세기 시작했어요.

　"하나, 둘, 셋, 넷, 다섯, 여섯, 일곱, 여덟, 아
홉, 열!"

　열을 세자마자 코끼리는 땅에 픽 쓰러져 죽고 말
았어요.

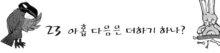

"야, 신난다!"

토끼는 뛸 듯이 기뻐하며 코끼리 고기를 요리하여 마녀에게 갖다 주고, 자기도 배가 빵빵 해지도록 먹었어요.

그리고는 다시 문 밖에 나와 앉아 공깃돌을 세기 시작했어요.

"하나, 둘, 셋, 넷, 다섯, 여섯, 일곱, 여덟, 아홉……."

이번에는 오소리가 다가와서 참견을 했어요. 그러다 오소리 역시 쓰러지고 말았어요.

토끼는 오소리 고기도 요리해서 먹었지요.

토끼네 집 가까운 곳에 커다란 나무가 한 그루 서 있었어요.

아주 날카로운 눈을 가진 매 한 마리가 그 나무

의 가지에 앉아
토끼가 하는 짓을
처음부터 다 보고
있었어요.

토끼가 다시 공깃돌을
세기 시작하자 매는 훌쩍 날아 토끼에게 다가갔어
요. 그리고는 공깃돌을 세기 시작했지요.

"하나, 둘, 셋, 넷, 다섯, 여섯, 일곱, 여덟, 아
홉… 더하기 하나……."

매는 용케 열까지 세는 것을 피했어요. 코끼리와
오소리에게 무슨 일이 일어났는지 다 보았기 때문
이지요. 그것을 모르는 토끼는 화를 벌컥 내며 말
했어요.

"어유, 답답해! 그렇게 세는 게 아니라니까! 너
는 숫자 세는 법도 모르니?"

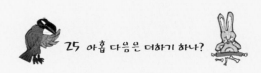

"나는 그렇게밖에 배우지 않았단 말야. 모르는 걸 어떡해? 네가 잘 알고 있으면 나 좀 가르쳐 줘."

"좋아, 내가 가르쳐 주지!"

답답한 마음에 토끼는 저도 모르게 공깃돌을 세어 나가기 시작했어요.

"하나, 둘, 셋, 넷, 다섯, 여섯, 일곱, 여덟, 아홉······."

그러나 결코 열까지 셀 수는 없었어요. 그렇게 하면 어떤 무서운 일이 일어날지를 잘 알고 있었거든요.

"그냥 이렇게 계속 세면 되는 거야. 자, 다시 한 번 해 봐."

"하나, 둘, 셋, 넷, 다섯, 여섯, 일곱, 여덟, 아홉··· 더하기 하나."

　　매는 한결같이 아홉 다음에는 더하기 하나라고
세는 것이었어요. 성미 급한 토끼는 분통이 터져
죽을 지경이 되었지요.
　　"이런 바보 멍텅구리야! 돌머리야!"

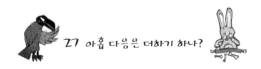

27 아홉 다음은 더하기 하나?

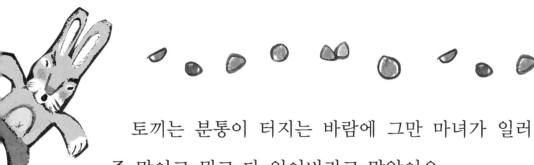

　　토끼는 분통이 터지는 바람에 그만 마녀가 일러 준 말이고 뭐고 다 잊어버리고 말았어요.

　　"자, 잘 들어! 이렇게 세는 거야!"

　　토끼는 한껏 뽐내며 숫자를 세어 나가기 시작했어요.

　　"하나, 둘, 셋, 넷, 다섯, 여섯, 일곱, 여덟, 아홉, 열!"

　　그 순간, 토끼는 그 자리에 쓰러지고 말았어요.

　　"그럼 그렇지!"

　　매는 바람처럼 토끼를 낚아채었어요.

　　아주 맛있는 점심 식사가 마련되었으니 얼마나 기뻤겠어요?

흰 곰과 난쟁이들

옛날옛날에 어느 숲 속에 한 남자가 살았습니다.

크리스마스 하루 전날, 이 남자는 아주 큰 곰 한

마리를 사로잡았습니다. 털빛이 눈빛처럼 하얀 아

주 탐스러운 곰이었습니다.

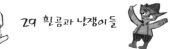

"와! 이렇게 크고 멋진 곰은 평생 처음 보는구나! 지금껏 본 적이 없어! 오늘은 정말 운이 좋구나!"

곰 주인은 곰을 장에 가져가서 팔려고 집을 나섰습니다. 한참을 걷던 그가 문득 걸음을 멈추고 중얼거렸습니다.

'아니야! 이렇게 멋진 곰은 흔하지가 않잖아? 내가 언제 또 이런 멋진 곰을 잡아 보겠어? 이 곰은 돈 몇 푼 받고 그냥 팔아 버리기에는 너무 아깝단 말야.'

곰 주인은 잠시 바위에 앉아 곰곰 생각하다가, 무릎을 탁 치며 일어났습니다.

'아, 그래! 이 곰을 임금님께 바쳐야겠다. 임금님의 은혜에 보답할 기회가 없었는데, 마침 잘되었지 뭐야!'

곰 주인은 신바람이 나서 임금님이 사시는 궁궐을 향해 걷기 시작했습니다. 궁궐은 아주 먼 곳에 있어서 곰 주인은 큰 곰을 끌고 오래오래 걸어가야 했습니다.

걷고 또 걷던 그들은 저녁 무렵에 작은 집 한 채를 발견하였습니다.

마침 날은 어두워져 가고 있었고, 눈까지 내릴 것 같았기 때문에 곰 주인은 너무너무 반가웠습니다. 한겨울이라서 날씨가 몹시 추웠으므로 더더욱 반가웠지요.

곰 주인은 매우 기뻐하며 그 집의 문을 두드렸습니다. 하룻밤 묵을 수 있도록 부탁하기 위해서였습니다.

쾅! 쾅! 쾅!

"아무도 안 계십니까?"

 31 흰곰과 난쟁이들

　　꽁꽁 얼어붙은 눈밭에서 자는 대신에 따뜻한 침대에서 잘 수도 있다는 희망에 부풀어 곰 주인은 계속 문을 힘차게 두드렸습니다.

　　궁궐에 가려면 아직도 몇 날 며칠을 더 여행해야 하기 때문에 하룻밤이나마 편히 쉬고 싶었던 것입니다.

　　쾅! 쾅!

　　"길 가는 나그네입니다!"

　　한참만에야 할아버지 한 분이 조심스럽게 문을 열고 얼굴을 내밀었습니다.

　　황금빛 턱수염을 기른 마음씨 좋아 보이는 할아버지의 이름은 할버였습니다.

　　곰 주인은 예의바르게 인사를 하며 물었습니다.

　　"하룻밤만 댁에서 자고 갈 수 있을까요? 먼 길을 여행 중이라서 그럽니다."

할버 할아버지는 참으로 곤란한 표정을 지으며 말했습니다.

"쯧쯧, 이를 어쩌누! 우리 집에서는 묵게 해 줄 수가 없다오."

곰 주인은 사정을 하며 매달렸습니다.

"할아버지, 밖에서 잠을 자기에는 날씨가 너무나 춥습니다. 저하고 곰이 얼어죽을 것이 틀림없습니다."

곰 주인의 말에 할버 할아버지도 고개를 끄덕였습니다.

"그렇겠구먼. 이런 추운 날씨에는 얼어죽을 수도 있을게요."

"그러니까 하룻밤만 신세를 지면 안 되겠습니까? 좀 도와 주십시오, 할아버지!"

곰 주인은 점점 더 마음이 급해졌습니다. 그래서

 33 힘곰과 난쟁이들

할버 할아버지의 옷소매를 붙잡고 늘어지며 사정을
했습니다.

"그래도 어쩔 수 없소. 우리 집에서는 재워 줄
수가 없다오."

말하는 사이에도 해는 점점 기울어 이미 어스름 빛을 던지고 있었습니다.

"할아버지, 보세요! 이제 곧 깜깜해질 것 같군요. 게다가 눈도 금방 쏟아질 것만 같고요. 아무래도 내일은 화이트 크리스마스가 될 것 같네요."

곰 주인의 얼굴은 거의 울상이 되어, 집 주인이 허락해 주기를 간절히 부탁했습니다.

"그것은 나도 잘 알아요."

할아버지가 고개를 끄덕이며 말했습니다.

"그러면 하룻밤만 재워 주시겠습니까?"

그 말에 할아버지는 또 고개를 저었습니다.

"거참! 이를 어쩌누! 안 되는데……."

마침내 곰 주인이 고개를 갸우뚱거리며 할아버지에게 말했습니다.

화이트 크리스마스 : 눈이 와서 하얗게 쌓인 크리스마스.

"정말 이해할 수가 없군요. 한 가지만 묻겠습니다. 할아버지는 저희를 도와 주고 싶은 마음은 있으십니까?"

곰 주인이 묻자 할아버지는 몇 번이나 크게 고개를 끄덕였습니다.

할버 할아버지의 표정에는 착한 사람들의 얼굴에 나타나는 그런 따뜻함과 부드러움이 깃들여 있었습니다.

"그럼요, 도와주고 싶고말고요!"

할아버지는 말을 이었습니다.

"나그네도 알다시피, 오늘은 크리스마스 하루 전날이 아니오? 그런데 해마다 크리스마스 이브만 되면, 우리 집에 이상야릇한 불청객들이 찾아와 크리스마스 파티를 엉망으로 만들어 버리곤 한다오."

불청객 : 초대하지도 않았는데 찾아온 손님.

곰 주인의 눈이 둥그레졌습니다.

"네? 불청객이라고요?"

"초대하지도 않았는데 몰려오니, 불청객이 아니고 뭐겠소?"

"어떤 불청객들인데요?"

"엄청난 난쟁이 떼라오. 난쟁이들이 한꺼번에 몰려와서 집을 부수고, 접시를 깨고, 물건을 마구 던지고, 고래고래 소리를 지르면서 온 집 안을 오르락내리락 몰려다니면서 엉망진창으로 만든다오. 해마다 크리스마스 이브만 되면 이 지경이니, 어린 손주들 보기에 창피해서 얼굴을 못 들 지경이라오. 우리 가족은 이 난쟁이들 때문에 여태껏 단 한 번도 크리스마스를 멋지게 지내 본 적이 없다오."

곰 주인은 그 때서야 기를 쓰고 나그네를 재워

37 흰곰과 난쟁이들

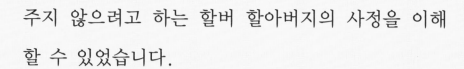

주지 않으려고 하는 할버 할아버지의 사정을 이해
할 수 있었습니다.

"그러면 할아버지를 괴롭히는 것이 그 난쟁이들
뿐입니까?"

"그렇소. 그러나 난쟁이들의 소란이 얼마나 심한
지, 편안히 잠을 자기는커녕 머리끝이 곤두설 지
경이 된다오. 그러니 어떻게 손님을 들일 수 있
겠소? 어디 다른 곳을 찾아보는 것이 더 나을 것
같구려."

할아버지의 말에 곰 주인이 크게 웃으며 말했습
니다.

"하하하! 그렇다면 저희는 상관없습니다. 저희는
난쟁이 따위에는 신경쓰지 않습니다. 할아버지
만 괜찮으시다면 안으로 들어갈 수 있도록 허락
해 주십시오. 바닥에서라도 잘 수 있게 해 주시

면 감사하겠습니다."

"그래도 좋다면 어쩔 수 없구려. 어서 들어오시오."

마침내 할아버지는 곰 주인과 곰을 집 안으로 들어오게 허락했습니다.

집 안으로 들어오자마자 곰은 너무 피곤하여 금방 잠이 들었고, 곰 주인은 난롯가에 앉아서 쉬었습니다.

그리고 할아버지와 그의 가족들은 크리스마스 때 먹을 음식을 준비하기 시작했습니다.

할아버지네 가족의 표정은 매우 슬퍼 보였습니다. 그것도 그럴 것이, 이렇게 정성껏 준비한 음식을 입에 대 보기도 전에 난쟁이들이 들이닥쳐 가족을 몰아 내리란 것을 너무나 잘 알고 있었기 때문입니다.

시간이 흘러서 멋진 음식이 식탁에 보기 좋게 차려졌을 무렵, 밖에서 왁자지껄한 소리가 들려 왔습니다.

"와하하하! 신난다!"

"이번에도 맛난 음식들이 가득 차려져 있겠지?"

"벌써부터 군침이 도는걸!"

시끌벅적한 소리와 함께 난쟁이들이 등장했습니다. 굴뚝을 타고 내려오는 놈들, 창문을 열고 들어오는 놈들, 벽난로를 통해 나오는 놈들로 순식간에 난쟁이 천지가 되었습니다.

난쟁이들은 물건을 거칠게 다루고, 접시를 깨뜨리고, 물건을 마구 던지고, 고래고래 소리치며 놀았습니다.

"얼른 오두막으로 도망쳐라!"

할아버지와 그의 가족들은 난쟁이들을 보자마자

재빨리 부엌문으로 빠져 나갔습니다. 그리고 집 밖의 정원에 있는 오두막집으로 들어간 후, 안에서 문을 굳게 잠갔습니다.

그러나 곰 주인과 곰은 그냥 집 안에 계속 머물러 있으면서 난쟁이들이 하는 짓을 열심히 지켜 보았습니다.

난쟁이들은 식탁 위에 올라가 엉덩이를 식탁에 대고 우유를 사방에 뿌리고, 더러운 발가락으로 케이크를 마구 뭉개고, 기다란 혀로 젤리를 핥아먹었습니다.

난쟁이들 중에서도 가장 키가 작은 난쟁이들이 더욱더 나쁜 짓을 골라서 했습니다. 그들은 커튼 위로 기어 올라가서 부엌 선반으로 들어갔고, 그곳에 있는 모든 양념통의 뚜껑을 열고 뒤집어 쏟았습니다. 잼이 든 병과 꿀 항아리, 반찬 항아리 등을 던지기 시작하더니, 그것도 모자라서 마침내 선반을 통째로 엎어 버렸습니다.

'어허! 이럴 수가! 이렇게 못된 난쟁이들이 있나!'

곰 주인은 너무나 어처구니가 없어서 벌어진 입을 다물지 못했습니다.

그 때, 가장 못되고 심술궂은 꼬마 난쟁이 가운데 하나가 곰을 발견했습니다. 곰은 그런 아수라장 속에서도 매우 점잖게 누워 있었습니다. 꼬마 난쟁이는 곰을 보자마자, 옆에 있는 소시지 하나를 얼른 포크에 찍어 와서 곰의 코 앞에 대고 약을 올리며 흔들어 댔습니다.

그러더니 소리치며 약을 올렸습니다.

"야옹아, 야옹아! 소시지 받아 먹어라!"

곰 주인은 기가 막혀 멍하니 난쟁이를 바라보고

만 있었습니다.

'세상에! 이렇게 무례하고 건방진 난쟁이가 또 있단 말인가!'

그 꼬마 난쟁이는 포크로 곰의 코를 푹푹 찌르기까지 했습니다. 그리고 곰이 소시지를 잡으려고 하자 꼬마 난쟁이는 재빨리 소시지를 빼돌려 버렸습니다.

"어, 으흐~!"

성격이 순한 하얀 곰은
너무너무 화가 났습니다.
화를 참지 못한 하얀 곰은
그 큰 몸을 일으켜 세우더니, 입을
크게 벌리고 마치 천둥과 같이 큰 소리로 고함을
쳤습니다.

"으험! 아으~!"

하얀 곰이 그 큰 덩치로 난쟁이들을 이리저리 몰
자, 난쟁이들은 도망치느라 정신이 없었습니다.

곰이 한 팔만 휘둘러도 난쟁이들이 우수수 쓰러
졌습니다.

"에쿠쿠, 키 작은 난쟁이 살려! 빨리빨리 도망치
자!"

"에고야! 등 굽은 난쟁이 밟고 있는 놈은 누구
냐?"

"걸음아 날 살려라! 짧은 꼬리 난쟁이 밟혀 죽겠구나야!"

난쟁이들은 밀물처럼 우르르 집 밖으로 빠져 나갔습니다.

곰은 얼마 안 되어서 집 안에 있는 난쟁이들을 모조리 바깥으로 쫓아 내 버렸습니다. 큰 놈이건 작은 놈이건, 꼬리가 있는 놈이건 없는 놈이건 모두 다 내쫓았습니다.

"호, 잘 했다! 정말 훌륭해!"

곰 주인이 곰의 머리를 쓰다듬어 주며 말했습니다. 그리고는 커다란 소시지를 덩어리째 곰에게 주었습니다. 곰은 그 커다란 소시지를 하나도 남기지 않고 깨끗이 다 먹어 치웠습니다.

이윽고 곰 주인이 집 밖으로 나가서 큰 소리로 할아버지 가족을 불렀습니다.

"할아버지! 이제 그만 그 오두막집에서 나오세요! 온 가족을 다 데리고 나오셔도 됩니다. 안심하시고 나오세요. 난쟁이들은 모두 도망치고 없습니다. 우리 곰이 난쟁이들을 모두 쫓아 버렸습니다!"

말이 떨어지자마자 할아버지와 그의 가족은 나무 오두막집의 빗장을 풀고 밖으로 뛰어나와 집으로 들어왔습니다.

"어서 집을 치우자! 크리스마스 준비를 하자꾸나!"

그들은 엉망진창인 집을 부지런히 치웠습니다. 식탁을 문질러 닦고, 깨진 조각들을 모두 주워 담아 쓰레기통에 버렸습니다. 그런 다음 모두 함께 식탁에 둘러앉아 난쟁이들이 남기고 간 음식을 먹기 시작했습니다.

　다행스럽게도 난쟁이들이 꽤 많은 음식을 남겨
놓았습니다. 그 음식은 얼마나 맛이 좋은지 둘이
먹다가 하나가 죽어도 모를 정도였습니다.

　다음 날인 크리스마스 아침, 출발 준비를 끝낸
곰 주인이 할아버지에게 인사를 했습니다.

　"저희를 받아 주셔서 감사합니다. 저희는 이제
임금님을 뵈러 가겠습니다."

　"우리가 더 고마웠소. 골치 아픈 난쟁이들을 쫓
아 줘서 즐거운 크리스마스를 보낼 수 있게 되었
으니 말이오."

　곰 주인과 곰은 길을 떠났습니다.

　그 후 할아버지는 두 번 다시 그들을 만나지 못
했습니다.

　'부디 무사히 임금님을 만났기를……!'

　할아버지는 마음 속으로 기도했습니다.

그 후 시간이 흘러서 다음 해 크리스마스 이브가 되었습니다.

어느 날, 할아버지가 숲에서 나무를 땔감용으로 작게 자르고 있는데, 갑자기 누군가가 숲 속에서 부르는 소리가 들렸습니다.

"할버 할아버지! 할버 할아버지!"

"누구냐?"

할아버지가 주위를 두리번거리며 소리쳤습니다.

자세히 보니 수많은 난쟁이들이었습니다.

할아버지는 너무 놀라서 가슴이 쿵 하고 내려앉았습니다.

"너희 집에 지금도 그 하얗고 커다란 야옹이 있냐?"

"그럼, 있고말고!"

할아버지는 의기양양하게 대답했습니다.

"지금도 우리 집 난로 앞에 앉아 졸고 있는걸. 어디 그뿐인 줄 알아? 그 동안에 새끼를 쳐서 지금은 새끼가 일곱 마리나 된단다. 그 새끼들이 얼마나 사납고 큰지, 엄마보다 훨씬 더 무서워! 너희들, 그 아이들한테 할 말 있냐? 내가 데려다 줄까?"

할아버지의 말에 난쟁이들은 몸서리를 치며 도리질을 했습니다.

"아, 아니. 괜찮아. 우리는 아무것도 할 말이 없어. 그리고 앞으로는 할아버지하고도 할 말이 없을 거야. 절대로 다시는 할아버지를 보러 오지 않을 거야!"

난쟁이들은 이야기를 채 끝내지도 않고 일제히 요란한 소리를 내며 숲 속으로 도망치기 시작했습니다.

　　그리고 우리 모두가 알다시피, 난쟁이들은 다시는 할버 할아버지네 집에 나타나지 않았습니다. 결코 다시는요!

　　그래서 지금 할아버지와 그의 가족은 여느 다른 가족들처럼 멋진 크리스마스 저녁 식사를 평화롭게 즐기곤 한답니다.

생강빵 소년

　옛날옛날에 키 작은 할머니와 키 작은 할아버지
가 살고 있었어요.

　할아버지와 할머니는 작고 낡은 집에서 살고 있
었는데 둘 사이에는 자식이 없었어요. 그래서 늘
마음 한구석이 텅 빈 듯했지요.

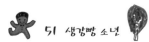

어느 날 아침, 할머니가 길게 한숨을 내쉬면서 말했어요.

"생강빵을 어린 남자 아이 모양으로 빚어야겠다. 먼저 반죽을 한 다음, 그 반죽을 평평하고 납작하게 만들어서 그 위에다 사람 모양을 그려서 도려 내고 오븐에 넣어 구워 내야지. 그 빵이 구워지면 가엾은 할아범과 나도 우리의 아기를 갖게 되는 거야."

할머니는 그대로 했어요. 먼저 반죽을 한 다음에 그 반죽을 펴서 평평하게 만들고, 그것을 어린 남자 아이의 모양으로 도려 내었어요. 그리고 그것을 오븐에 넣어 구웠지요.

할머니는 빵이 다 구워졌을 시간이 되자 오븐을 열어 확인하고 빵을 꺼내려고 했어요.

그러나 할머니의 손이 닿기도 전에 생강빵 소년

이 오븐에서 튀어나왔어요.

생강빵 소년은 곧바로 부엌 밖으로 달려나갔어
요. 그리고 길 쪽으로 달음박질쳤어요. 생강빵 소
년은 달리면서 자기를 쫓아오는 할머니를 향해 목
청껏 소리쳤어요.

"할머니! 빨리 달려서 저를 잡아 보세요. 저를
잡으려면 더 빨리 달리셔야지요! 더 빨리 달려
보세요! 헤헤. 할머니는 아무리 빨리 달려도 저
를 잡지 못하실걸요! 저는 생강빵 소년이거든
요!"

생강빵 소년을 뒤쫓는 할머니를 뒤따라 할아버
지까지 달렸지만, 할아버지와 할머니는 생강빵 소
년을 잡을 수 없었어요.

생강빵 소년은 쉬지 않고 계속 달렸어요.

그렇게 계속 달리다가 들판에서 풀을 뜯어 먹고
있는 소를 만났어요.

소는 생강빵 소년을 발견하자 큰 소리로 말을 걸
었어요.

"음매, 음매! 멈춰, 멈춰 봐! 작은 생강빵 소년!
너 참 먹음직스러워 보이는구나. 한 입에 쏙 들
어가겠다."

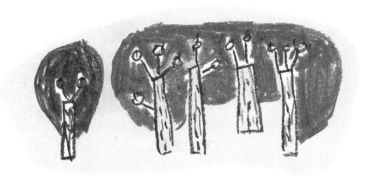

그러나 생강빵 소년은 빙그레 웃을 뿐 아무 말도
하지 않고 더욱더 힘차게 달리기 시작했어요. 한참
을 그렇게 달리다가 생강빵 소년은 자기를 쫓는 소
를 향해 말했어요.

"나는 나를 만든 할머니와 할아버지한테서도 뜀
박질을 쳐서 도망 나왔어. 마찬가지로 너한테서
도 도망칠 수 있어. 나는 할 수 있다고! 달려라,

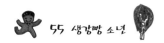

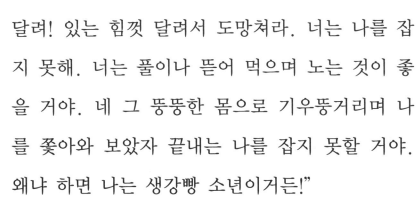

달려! 있는 힘껏 달려서 도망쳐라. 너는 나를 잡지 못해. 너는 풀이나 뜯어 먹으며 노는 것이 좋을 거야. 네 그 뚱뚱한 몸으로 기우뚱거리며 나를 쫓아와 보았자 끝내는 나를 잡지 못할 거야. 왜냐 하면 나는 생강빵 소년이거든!"

소는 기우뚱기우뚱거리며 죽을 둥 살 둥 생강빵 소년을 잡으려고 달려갔으나 결국에는 놓치고 말았어요.

그런 후에도 생강빵 소년은 계속 달렸어요.

달리고 달려서 이번에는 길가를 거닐고 있는 말과 마주쳤어요.

말은 생강빵 소년을 보자 큰 소리로 외쳐서 멈춰 서게 했어요.

"멈춰, 멈춰 봐, 생강빵 소년아! 너 참 먹음직스러워 보이는구나. 한 입에 쏙 들어가겠다."

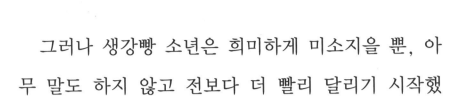

그러나 생강빵 소년은 희미하게 미소지을 뿐, 아무 말도 하지 않고 전보다 더 빨리 달리기 시작했어요.

한참을 그렇게 달리다가 생강빵 소년은 자기를 쫓는 말를 향해 말했어요.

"나는 나를 만든 할머니와 할아버지한테서도 뜀박질을 쳐서 도망 나왔어. 또한 방금 전에는 소가 나를 잡으려고 따라왔지만 나를 잡지 못했어. 그리고 마찬가지로 너한테서도 달려서 도망칠 수 있어. 나는 할 수 있어! 달려라, 달려! 있는 힘껏 달려서 나를 잡아 봐. 너는 나를 잡지 못해. 너는 길가에서 어슬렁거리며 놀기나 하는 것이 좋을 거야. 네가 아무리 힘차게 달려서 나를 쫓아도 끝내 나를 잡지 못할 거야. 왜냐고? 왜냐고? 나는 생강빵 소년이거든!"

말은 멋진 갈기를 휘날리며 죽을 힘을 다해 달려갔어요. 하지만 결국에는 생강빵 소년을 놓치고 말았어요.

그런 후에도 생강빵 소년은 계속 달렸어요.

달리고 달려서 이번에는 길을 고치고 있는 어른들과 마주쳤어요. 어른들은 어린 생강빵 소년을 보자 큰 소리로 불러서 멈춰 서게 했어요.

"이봐, 이봐! 멈춰, 멈춰 봐! 작은 생강빵 소년아! 너 참 먹음직스러워 보이는구나. 한 입에 쏙 들어가겠다."

그러나 생강빵 소년은 그저 미소를 지을 뿐 아무 말도 하지 않고 전보다 더 빨리 달리기 시작했어요. 한참을 그렇게 달리다가 생강빵 소년은 자기를 쫓는 어른들을 향해 말했어요.

"나는 나를 만든 할머니와 할아버지한테서도 뛰

박질쳐서 도망 나왔어. 소도 나를 잡으려고 쫓아왔지만 나를 잡지 못했지. 또 방금 전에는 말도 나를 잡으려고 따라왔지만 끝내 나를 잡지 못했어. 그리고 아저씨들로부터도 얼마든지 도망칠 수 있어. 나는 할 수 있어! 달려라, 달려! 죽을 힘을 다해 달려서 나를 잡아 봐. 아저씨들은 절대로 나를 잡을 수 없어. 아저씨들은 길이나 계속 고치는 것이 좋을 거야. 아저씨들이 아무리 여러 명이 달려서 나를 쫓아와도 끝내 나를 잡지 못할걸? 왜냐… 왜냐 하면 나는 생강빵 소년이거든!"

어른들 여러 명이 있는 힘을 다해 죽기살기로 쫓아갔으나 생강빵 소년을 놓치고 말았어요.

그런 후에도 생강빵 소년은 계속 달렸어요. 달리고 달려서 이번에는 강가에 이르렀지요.

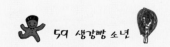

'후유, 이걸 어떻게 건너지?'

강 앞에 멈춰 선 생강빵 소년은 아무리 생각해도 강을 건널 방법을 찾아 낼 수 없었어요. 그래서 머뭇거리며 계속 강 앞에 서 있었어요.

생강빵 소년이 강 앞에 서서 곰곰이 생각하는 사이에 여우가 살금살금 다가왔어요. 여우는 어린 생강빵 소년을 보자마자 단숨에 먹어 치우고 싶어 참을 수가 없었어요.

하지만 시치미를 뚝 떼고 말을 걸었어요.

"이봐, 생강빵 소년. 너 이 강을 건너고 싶니?"

"응, 건너고 싶어."

생강빵 소년이 말했어요.

"그러면 뛰어서 내 등에 올라타. 내가 너를 태워서 강을 건너게 해 줄게."

여우의 말에 생강빵 소년은 곧바로 여우의 등에

올라탔어요.

여우는 생강빵 소년을 태운 채 강을 건너기 시작했어요.

강의 중간쯤에 이르렀을 때 여우가 생강빵 소년에게 말했어요.

"생강빵 소년아, 네가 내 등에 앉아 있으면 위험할 것 같아. 그러다가 물에 빠지면 큰일 아니니? 내 생각에는 내 목으로 옮겨 앉는 것이 더 안전할 것 같구나."

"그래, 알았어."

순진한 생강빵 소년은 여우의 목에 앉았지요. 그리고 여우는 조금 더 헤엄쳐 갔어요.

여우가 다시 생강빵 소년에게 말했어요.

"생강빵 소년아, 네가 내 목에 앉아 있는 것이 어쩐지 불안하구나, 여기까지 왔는데 물에 빠지

면 큰일 아니니? 내 생각에는 내 코로 옮겨 앉는
것이 더 안전할 것 같구나."

"그래, 알았어."

그래서 어린 생강빵 소년은 여우의 코끝으로 뛰
어가 앉았지요.

그 순간, 여우는 곧바로 자기의 얼굴을 뒤로 젖
혀 생강빵 소년을 덥석 물었어요.

여우의 한 입에 생강빵 소년은 벌써 반이나 사라
져 버리고 말았어요.

또다시 여우는 생강을 넣은 사람 모양의 빵인 생
강빵 소년을 덥석 물었어요! 생강빵 소년의 4분의
3이 사라져 버렸어요.

또다시 여우는 어린 생강빵 소년을 덥석 깨물었
어요. 드디어 생강빵 소년은 남김없이 깨끗이 사라
져 버렸어요.

아침에 할머니가 아들로 삼으려고 맛있게 구운
생강빵 소년은 이렇게 세상에서 모습을 감추게 되
었대요.

수많은 배가 오가고 오페라 하우스가
눈길을 끄는 시드니

🍅 아름다운 항구 도시, 시드니

1770년에 쿡 선장이 발견한 시드니 항은 호주(오스트
레일리아)에서 제일 큰 도시이자 세계적인 미항(아름다
운 항구)으로 손꼽히는 도시입니다. 특히 시드니의 상징
인 오페라 하우스에는 일 년 내내 관광객의 발길이 끊이
지 않는답니다.

오페라 하우스의 조가비 모양의 새하얀 지붕은
요트의 하얀 돛을 표현한 것으로, 사용된
타일의 수만 106만 5천 장이나
된답니다.

천덕꾸러기 꼬리

어느 날, 늑대 한 마리가 한가로이 산책을 즐기고 있었어요.

그런데 갑자기 어디선가 커다란 사냥개들이 나타나 늑대를 쫓기 시작했어요.

"크르렁, 커컹!"

사냥개들은 무섭게 짖어 대면서 달리고 달려서 마침내 그 늑대를 거의 잡을 수 있으리만큼 가까워졌어요.

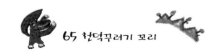

'아! 어디로 도망치지?'

때마침 늑대는 운 좋게도 산에 있는 동굴 하나를 발견했어요. 그 동굴은 늑대가 들어가기에 안성맞춤이었어요.

늑대는 바람처럼 빠르게 동굴로 들어가 몸을 숨겼어요. 그 동굴은 덩치가 커다란 개들이 들어오기에는 입구가 너무 작았어요.

　사냥개들은 동굴 바깥에 지켜 서서 망을 볼 수밖에 없었지요.

　늑대는 가쁜 숨을 내쉬며 호흡이 진정되기를 기다렸어요. 숨찬 것이 가라앉고 마음도 많이 차분해지자, 늑대는 동굴을 발견하고 재빨리 피한 자신이 참으로 영리하다는 생각이 들었어요. 그래서 큰 소리로 말했어요.

"다리야, 다리야. 너는 이 동굴로 내가 도망쳐 들어오는 데 어떤 도움을 주었지?"

"응, 나는 바위와 강을 뛰어넘으며 열심히 달려서 너를 이 곳으로 데려왔어. 정말 위험한 순간도 있었어. 그러나 나는 재빠르고 용감하게 모든 장애물들을 헤치고 너를 이 곳으로 안전하게 데려왔단다."

4개의 다리가 말했어요.

"오, 그랬구나. 정말 훌륭한 다리로구나!"

늑대는 벙긋벙긋 웃으며 칭찬했어요.

"그 다음, 귀. 너는 나를 어떻게 도왔지? 내가 어떻게 해서 안전하게 동굴까지 오게 되었는지 말해 다오."

늑대는 쫑긋한 두 귀에게 물었어요.

"음, 나는 먼저 오른쪽에서 나는 소리에 귀를 기

울렸어. 그리고 왼쪽에서 나는 소리와 주의깊게
비교했지. 그래서 개들이 오고 있는 쪽을 알아차
리고 도망갈 방향을 정확히 알려 줄 수 있었던
거야. 내가 그 위험한 순간에 조금이라도 판단을
잘못했다면 어떻게 되었겠니? 생각만 해도 몸서
리가 쳐져."

두 귀는 생각만 해도 무서운지 다시 몸을 부르르
떨었어요.

"그럼그럼! 네 말이 맞고말고! 넌 정말로 훌륭하
구나, 충성스러운 귀야!"

늑대는 입에 침이 마르도록 칭찬을 아끼지 않았
어요.

"그 다음에…, 너는 무엇을 했니?"

두 눈을 향해 늑대가 물었어요.

"너는 내가 안전하게 도망하도록 무슨 도움을

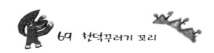

주었지?"

두 눈이 으스대며 대답했어요.

"음, 나는 앞에 무엇이 있는지를 정확히 바라보았어. 그래서 어느 길이 가장 안전한지를 미리 판단하여 그 길로 이끌었지. 만약 내가 잘못 판단해서 막다른 길로 이끌었더라면 어떻게 되었겠니? 나의 정확한 판단으로 길을 찾고, 결국에는 이 동굴도 발견한 거지."

"오, 그랬구나. 정말로 훌륭하다, 충성스러운 눈아!"

늑대는 두 눈에게도 칭찬했어요.

늑대는 이렇게 똑똑한 다리와 이렇게 똑똑한 귀와 이렇게 똑똑한 눈을 가진 자신이 너무나 자랑스러웠어요.

"호, 나는 정말로 영리한 동물이야."

　늑대는 편히 쉬기 위해 등을 동굴 벽에 기대려고
했어요. 그 때 늑대는 문득 자신의 꼬리를 보게 되
었지요.

　"오, 꼬리야! 너는 무엇을 했니? 모두가 나를 살
리려고 애쓸 때 너는 무엇을 했지? 솔직하게 말
해 보렴. 네가 나를 위해 무엇을 했는지 정말 알
고 싶구나. 내 생각에 너는 도움이 될 만한 아무
일도 한 것 같지가 않구나. 네 생각에는 어떠냐?
너는 그저 내 뒤에 붙어서 내가 가는 대로 촐랑
대며 따라오기만 했지? 내가 너를 항상 달고 다
니니까 너는 그저 가만히 매달려만 있었을 거야.
다들 살려고 발버둥칠 때, 너는 무슨 일을 했니?
여전히 나만 의지하고 있었잖아. 너는 나를 위해
아무것도 한 일이 없어. 오히려 나를 잡으라고
꼬리를 흔들지는 않았니?"

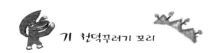

기 천덕꾸러기 꼬리

꼬리는 늑대의 말을 듣자 너무나 화가 나서 참을 수가 없었어요. 그래서 늑대에게 고래고래 소리를 질렀어요.

"늑대야, 내가 무얼 했는지 말해 줄게. 나는 그 큰 사냥개들에게 너를 잡으라고 열심히 흔들어 신호했단다. 사냥개들을 불러 너를 바짝 따라오게 했지!"

늑대는 불같이 화가 났습니다.

"뭐라고? 이런 나쁜 놈! 이 고약한 꼬리 같으니라고!"

너무나 화가 난 늑대는 소리소리 지르며 자신의 꼬리를 잡으려고 정신 없이 돌았어요.

하지만 아무리 열심히 돌아도 꼬리는 잡히지 않고, 꼬리는 늑대의 약을 올리는 말만 계속해서 퍼부어 댔어요.

늑대는 꼬리를 잡으면 있는 힘을 다해 깨물려고
이에 바짝 힘을 주고 쫓았지만, 꼬리는 잡힐 듯 잡
힐 듯 잡히지 않고 더욱더 늑대을 화나게 만들기만
했어요.

이 나쁜
꼬리야!

마침내 늑대가 버럭 소리를 질렀어요.
"여기서 당장 나가, 이 나쁜 꼬리야! 당장 사라
져 버려! 동굴 밖으로 꺼져!"
늑대는 즉시 꼬리를 동굴 밖으로 밀쳐 버렸어요.

73 천덕꾸러기 꼬리

늑대는 자기의 꼬리를 밀어 내면 당연히 자신의
몸도 덩달아 바깥으로 끌려 나가게 되리라는 것을
생각지도 못했지요.

늑대는 어떻게 되었을까요?

어떻게 되긴요!

꼬리가 나오자 당연히 늑대의 네 발과 두 눈과
두 귀와 온몸이 함께 밖으로 나오게 되었지요! 그
리고……,

"으하하하, 환영한다!"

줄곧 동굴 밖에서 늑대가 이야기하는 소리를 듣
고 있던 사냥개들이 기다렸다는 듯이 늑대를 잡아
챘답니다.

여우와 호박벌

어느 날 여우가 나무 옆에서 땅을 파다가 크고 통통한 호박벌 하나를 발견했어요.

'어? 이거 쓸모가 있겠는걸!'

여우는 호박벌을 잡아서 가방에 넣었어요. 그리고 한참을 걸어 어떤 집에 다다랐어요.

작고 까만 여자가 그 집 안에서 마루를 청소하고 있었어요.

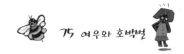

"안녕하세요?"

여우는 상냥하게 인사를 건넸어요.

"안녕하세요?"

작고 까만 여자가 대답했어요.

"저, 제 가방을 여기에 좀 놔 둬도 될까요? 잠깐 친구네 집에 좀 다녀오려고요."

"네, 그러세요."

"그런데요, 절대로 제 가방 안을 보지 않겠다고 약속하실 수 있나요?"

여우가 작고 까만 여자에게 물었어요.

"오, 그래요. 절대로 가방 안을 보지 않겠다고 약속할게요."

작고 까만 여자의 약속을 받아 낸 여우는 그 집을 나섰어요. 그리고 어디론가 총총걸음으로 재빨리 걸어갔어요.

　그런데 작고 까만 여자는 가방 안을 들여다보고
싶어서 참을 수가 없었어요. 그래서 여우의 뒷모습
을 지켜 보다가, 여우의 모습이 보이지 않게 되자
마자 가방 안을 살짝 엿보았어요.
　그런데 그만 크고 통통한 호박벌이 가방이 열린

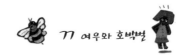

틈을 타 재빨리 가방 밖으로 날아가 버렸어요.

그러자 그 작고 까만 여자의 꼬꼬닭이 날쌔게 달려가서 그 호박벌을 꿀꺽 삼켜 버렸어요.

잠시 후 여우가 돌아왔어요.

여우는 돌아오자마자 가방 안을 들여다보더니 작고 까만 여자에게 물었어요.

"내 크고 통통한 호박벌은 어디에 있나요?"

그러자 작고 까만 여자가 대답했어요.

"너무너무 죄송한데요, 내가 그만 약속을 어기고 당신 가방 안을 들여다보았어요. 그랬더니 그 크고 통통한 호박벌이 가방 밖으로 날아 나왔는데, 그 벌을 우리 꼬꼬닭이 한 입에 삼켜 버렸지 뭐예요."

"오, 저런! 어떻게 이런 일이!"

여우가 놀라서 소리쳤어요.

"그러면 나의 크고 통통한 호박벌 대신에 당신의
꼬꼬닭을 가져가겠습니다."

여우는 작고 까만 여자의 꼬꼬닭을 잡아서 호박
벌 대신에 가방에 넣었어요. 그리고 다시 길을 떠
났어요.

걷고 또 걷던 여우는 어떤 집 하나를 발견했어
요. 그 집 안에서는 작고 빨간 여자가 양말을 꿰매
고 있었어요.

"안녕하세요?"

여우가 상냥하게 인사를 했어요.

"안녕하세요?"

작고 빨간 여자가 대답했어요.

"저, 제 가방을 여기에 좀 놔 둬도 될까요? 잠깐
누구네 집에 다녀오려고 하는데요."

"네, 그러세요."

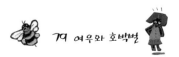

"그런데요, 제 가방 안을 절대로 보지 않겠다고
약속하실 수 있나요?"

"오, 그럼요. 절대로 가방 안을 보지 않겠다고
약속할게요."

작고 빨간 여자는 단단히 약속했어요.

그 집을 나온 여우는 총총걸음으로 재빨리 걸어
갔어요.

작고 빨간 여자도 가방 안을 들여다보고 싶어서
참을 수가 없었어요. 그래서 여우의 뒷모습을 지켜
보다가, 여우의 모습이 보이지 않게 되자마자 가방
안을 살짝 엿보았어요.

그런데 그만 꼬꼬닭이 가방의 열린 틈으로 훌쩍
빠져 나오더니, 부리나케 가방 밖으로 도망쳐 버렸
어요.

바로 그 때 작고 빨간 여자의 돼지가 달려나와

꼬꼬닭을 쫓아가다가 그만 멀리까지 몰아 내고 말
았어요.

마침내 여우가 돌아왔어요.

여우는 돌아오자마자 가방 안을 들여다보더니
작고 빨간 여자에게 물었어요.

"내 귀여운 꼬꼬닭은 어디에 있나요?"

그러자 작고 빨간 여자가 대답했어요.

"너무너무 죄송한데요, 내가 그만 당신과의 약속
을 어기고 당신 가방 안을 들여다보고 말았어요.
그랬더니 꼬꼬닭이 가방 밖으로 빠져 나왔는데,

우리 집 돼지가 꼬꼬닭을 쫓다가 그만 아주 멀리
까지 보내 버렸답니다. 이거 미안해서 어떻게 하
지요?"

"오, 저런! 어떻게 이런 일이!"

여우가 놀라서 소리쳤어요.

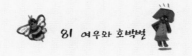
81 여우와 호박벌

"그러면 귀여운 내 꼬꼬
닭 대신에 당신의 돼
지를 가져가겠습니
다."

여우는 그 작고 빨간
여자의 돼지를 꼬꼬닭 대신에
가방에 넣었어요. 그리고 길을 떠났어요.

여우는 한참을 걷다가 어떤 집 하나를 발견했어
요. 그 집 안에서는 작고 노란 여자가 설거지를 하
고 있었어요.

"안녕하세요?"

여우는 상냥하게 인사를 건넸어요.

"안녕하세요?"

작고 노란 여자도 대답했어요.

"저, 내 가방을 여기에 좀 놔 둬도 될까요? 잠깐

누구네 집에 좀 다녀오려고요."

"네, 그러세요."

"그런데요, 내 가방 안을 절대로 보지 않겠다고 약속하실 수 있나요?"

"오, 그럼요. 가방 안을 보지 않겠다고 약속할게요."

작고 노란 여자가 약속했어요.

여우는 다시 길을 떠났어요. 누군가의 집으로 총총걸음으로 재빨리 걸어갔어요.

그 작고 노란 여자도 가방 안을 들여다보고 싶어서 참을 수가 없었어요. 그래서 여우의 뒷모습을 지켜 보다가, 여우의 모습이 보이지 않게 되자마자 가방을 살짝 열어 보았어요. 그런데 그만 돼지가 그 가방의 열린 틈으로 뛰쳐나와 가방 밖으로 달아났어요.

그런데 작고 노란 여자의 어린 아들이 막대기를 들고 돼지를 잡으려고 쫓아가다가 그만 돼지를 집 밖으로 멀리멀리 도망치게 하고 말았어요.

이윽고 여우가 돌아왔어요.

여우는 돌아오자마자 가방 안을 들여다보더니 작고 노란 여자에게 물었어요.

"내 돼지는 어디에 있나요?"

그러자 작고 노란 여자가 대답했어요.

"너무너무 죄송한데요, 내가 그만 당신과의 약속을 어기고 당신 가방 안을 들여다보고 말았어요. 그랬더니 그 돼지가 가방 밖으로 뛰쳐나왔는데, 나의 어린 아들이 돼지를 잡으려고 막대기를 들고 따라가다가 그만 집 밖으로 달아나게 했어요."

"오, 저런!
어떻게 이런 일이!"
여우가 놀라서 소리쳤어요.
"그러면 내 돼지 대신에
당신의 어린 아들을
데리고 가겠습니다."

여우는 그 작고 노란 여자의 어린 아들을 돼지
대신에 자기의 가방에 넣었어요. 그리고 길을 떠났
어요.

여우는 걷고 또 걷다가 어떤 집 하나를 발견했어
요. 그 집 안에서는 작은 초록색 여자가 생강빵을
굽고 있었어요.

"안녕하세요?"
여우가 상냥하게 인사했어요.
"안녕하세요?"

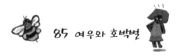

작은 초록색 여자가 대답했어요.

"저, 제 가방을 여기에 좀 놔 둬도 될까요?
잠깐 저…기 누구네 집에 좀 다녀올 일이
있어서요."

"네, 그러세요."

"그런데요, 제 가방 안을 절대로 보지 않겠다고
약속하실 수 있나요?"

"오, 그럼요. 절대로 가방 안을 보지 않겠다고
약속할게요."

작은 초록색 여자가 약속했어요.

그렇게 한 후 여우는 길을 떠났어요. 여우는 누
군가의 집으로 총총걸음으로 걸어갔어요.

여우가 사라지자마자 생강빵이 맛있게 익는 냄
새가 오븐에서 새어 나와 온 집 안에 퍼졌어요. 그
냄새가 어찌나 고소하고 맛있는지 그 집의 네 딸이

엄마를 조르기 시작했어요.

"엄마! 엄마! 우리 지금 생강빵 먹으면 안 돼
요?"

작은 소년도 가방 안에서 외쳤어요.

"아줌마! 아줌마! 생강빵을 지금 먹으면 안 될까
요?"

물론 그 작은 초록색 여자는 가방 안에서
나는 소년의 목소리를 듣고 깜짝 놀라 당장에
가방을 열어 주었어요. 그렇게 해서 소년은 풀려나
게 되었지요.

작은 초록색 여자는 여우가 조금도 눈치채지 못
하도록 소년 대신에 크고 까만 개를 가방 안에 넣
었어요.

마침내 여우가 돌아왔어요. 여우는 돌아오자마
자 자기의 가방을 쳐다보았어요. 가방은 여전히 소

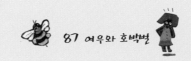

년이 들어 있는 것처럼 불룩했어요. 그래서 여우는 안심하고 가방을 메고 길을 떠났어요.

여우는 한참을 걸은 뒤에야 앉아서 쉬기에 딱 좋은 장소를 발견했어요. 그래서 가방을 내려놓고 앉은 다음 가방을 풀었어요.

그런데 놀랍게도 가방에서 크고 까만 개가 튀어나왔지요.

까만 개는 몹시 배가 고팠어요. 생강빵을 먹지 못하고 왔으니까요. 그래서 까만 개는 여우를 한 입에 꿀꺽 삼켜 버렸어요.

한편, 소년은 자기의 작은 집으로 돌아왔어요.
작은 초록색 여자는 오븐에서 다 익은 생강빵을 꺼
냈어요. 4명의 소녀와 그 작은 소년은 테이블에 앉
아서 작은 초록색 여자가 주는 것을 받아 먹었어
요. 엄마를 위해서 한 개, 그들의 개가 여우를 처
치하고 집으로 돌아오면 주려고 또 한 개를 남겨
두고 말예요.

　　엄마는 빵을 굽느라고 빵을 드시지 못했거든요.

손바닥 백과

호주의 우편 엽서

🍎 희귀 동물의 천국, 호주

　호주(오스트레일리아)는 옛날옛날부터 다른 대륙과 분리되었기 때문에 진귀한 동물과 식물이 많이 살고 있습니다. 캥거루, 코알라, 오리너구리, 에뮤, 유카리나무 등은 이 지역에 사는 희귀한 동물과 식물입니다.

　아기를 아기주머니에 키우는 캥거루와 코알라는 호주를 상징하는 동물들로, 호주 어디를 가나 쉽게 볼 수 있습니다.

　위의 우편 엽서 윗줄 왼쪽부터 시계 방향으로 독수리, 캥거루, 들개, 바늘두더지, 웜뱃, 코알라입니다.

아기코끼리 코코

코코는 열두 살짜리 아기코끼리입니다. 아기코끼리이기는 하지만 덩치는 꽤나 컸습니다.

코코의 아버지는 아프리카의 정글 속에서 코끼리들의 왕 노릇을 하였습니다. 만약에 코코가 아직도 정글 속에 살고 있다면, 으스대며 왕자 노릇을 하고 있을 것입니다.

　　그렇지만 코코가 긴 코를 흔들며 즐거운 듯 마을 한가운데를 걷고 있는 것을 본다면, 이 코끼리가 정글의 왕자 코끼리라고는 아무도 상상하지 못할 것입니다.

　　코코는 불쌍하게도 태어난 지 얼마 안 되어 코끼리 사냥꾼에게 잡혔습니다. 인간 사회에 끌려온 코코는 어미의 젖 대신에 양젖과 우유를 먹고 자랐습니다.

　　그래서 가엾은 코코는 싱싱한 정글의 향기조차 분간하지 못하는 처지가 되고 만 것입니다.

　　코코에게도 어엿한 주인이 있었습니다. 그렇지만 그 사람이 자기 나라로 돌아가 버렸기 때문에, 지금은 의지할 데가 없어진 처량한 처지가 된 것입니다.

　　하지만 코코는 정글로 되돌아가려고 하지 않았

습니다. 그저 예전과 다름없이 그 마을에서 살고
있었습니다.

코코는 아직 어렸기 때문에 상아가 자라지 않았
습니다. 값비싸게 팔리는 상아가 자라 있다면, 아
마 누구든지 코코를 데려다가 기르려고 했을는지도
모릅니다.

마을 사람들은 코코를 무서워하지 않았습니다.
하지만 몸집이 워낙 커서 먹여 살리려면 돈이 많이
들기 때문에 아무도 코코를 맡아 기르려고 하지 않
았습니다.

날마다 코코는 긴 코를 흔들며 천천히 걸어서 온
마을을 여기저기 쏘다녔습니다.

모든 것을 태울 듯이 뜨거운 아프리카의 태양빛
아래에서는 낮에는 활기차게 일하기가 어려웠습니
다. 그래서 마을 사람들은 아침 무렵에나 반짝 일

상아 : 코끼리의 위턱에 나서 입 밖으로 길게 뻗어 나온 두 개의 앞니.
　　　여러 가지 공예품의 재료로 쓰인다.

을 하지, 낮만 되면 아무 데나 그늘을 찾아 낮잠을 잤습니다.

이런 때 코코가 어슬렁거리며 가까이 오면, 사람들은 축축 늘어지는 긴 코로 재주를 부리게 하면서 한때를 즐겼습니다.

사람들이 하라는 대로만 하면 빵 조각이나 먹다 남은 과일, 달콤한 사탕 등을 던져 주기 때문에 코코는 늘 배가 불렀습니다.

사람들이 주는 것 중에서 코코가 가장 좋아하는 것은 작고 동그란 사탕이었습니다. 코코는 사탕을 입에 넣으면 기분이 좋아서 살래살래 엉덩이를 흔들 정도였습니다.

달디단 사탕 맛 때문에 코코는 더욱 마을을 떠나지 못했는지도 모릅니다. 사탕을 파는 가게 앞에 가면 더욱 신바람이 나서 흥겹게 춤을 추었습니다.

코코는 자기에게 맛있는 것을 주는 사람들이 그저 고맙기만 했습니다. 사람을 무서워할 줄 모르는 순진한 아기코끼리 코코는 사람들이 자기를 놀리고 있다는 것도 몰랐습니다,

어느 날, 코코는 여느 때와 마찬가지로 마을 한가운데를 거닐고 있었습니다. 그 날은 마침 명절날이었습니다.

'어? 저기 사람들이 많이 모여 있구나. 저기로 가면 맛있는 것을 많이 주겠지?'

코코는 사람들이 술을 마시고 있는 앞으로 어슬렁어슬렁 걸어갔습니다.

"어이구, 어서 와라, 코코야! 우리를 즐겁게 해 주려고 왔니?"

사람들은 흥겨워하면서 자리에서 일어나 박수를 쳤습니다.

사람들은 비스킷과 사탕 부스러기 등 테이블에 남은 음식을 코코에게 먹이면서 즐거워했습니다.

"여러분, 즐거운 명절날인데 코코에게도 한잔 먹이는 게 어때요, 응?"

"우하하하, 그것 참 기막힌 생각이야!"

한 청년이 독한 술을 큰 그릇에 부어 코코 앞에 놓았습니다. 코코는 냄새를 맡고 술을 조금 핥다가 크게 재채기를 했습니다.

"흐흐흐, 우스운걸! 달지 않으면 안 드시는 모양이지?"

"그럼 어떡한다? 단 술 한 병을 더 부어 볼까?"

턱에 수염이 많이 난 아저씨가 이번에는 시로프라는 단 술을 한 병 쏟아 넣었습니다.

그러자 여기저기에서 서로 자기가 마시고 있던 술을 부었습니다.

　　조금 핥아 본 코코는 단숨에 그 많은 술을 쭉 들
이켰습니다. 커다란 덩치답게 그 많은 술을 단번에
마셔 버리는 바람에 사람들 모두 허리를 잡고 웃었
습니다.

　　밤이 깊어지자, 사람들이 하나둘 집으로 돌아갔
습니다. 코코는 머릿속을 톡톡 쏘는 그 단맛을 더
느끼고 싶었습니다. 그래서 아무나 뒤를 따라가고
싶었지만, 다리가 통 말을 듣지 않았습니다. 코코
는 무거운 몸을 움직일 수가 없어서 그대로 길바닥
에 쓰러져 잠이 들고 말았습니다.

　　코코가 눈을 떴을 때는 한밤중이었습니다. 코코
는 술에 취해서 곯아떨어졌기 때문에 온몸이 노곤
했습니다.

　　간신히 일어나 마을에서 만들어 놓은 우리 안으
로 돌아갔지만, 그 모습은 참으로 우스꽝스러워 차

마 눈을 뜨고는 못 볼 지경이었습니다.

코코는 생전 처음 마신 술의 맛을 잊을 수가 없었습니다.

'어디에 가면 그 단물을 얻어 마실 수 있을까? 아, 먹고 싶어!'

코코는 그 신기한 단물을 마시고 싶어 어제 갔던 그 장소로 가 보았습니다. 그런데 거기에는 아무도 없었습니다.

'어디에 가야 하나?'

눈을 크게 뜨고 마을을 두리번거리며 돌아다니는데, 어제 자기에게 술을 준 젊은이가 눈에 띄었습니다.

'아! 그 아저씨다!'

코코는 너무나 반가웠습니다. 얼른 긴 코를 내밀고 술을 달라고 청했습니다. 그 모습은 마치 거지

가 '한푼만 주세요!' 하면서 손을 내미는 것과 똑
같았습니다.

　이제는 명절도 지났기 때문에 아무도 어제와 같
은 맛난 음식을 주지 않았습니다. 코코를 놀리고
구박할 뿐, 하다못해 빵 한 쪽도 던져 주지 않았습
니다.

　코코는 코를 둘둘 말아 보이기도 하고, 귀를 부
채처럼 앞뒤로 흔들어 바람을 일으키기도 하고, 굵
은 다리를 들먹이며 춤을 추기도 했습니다. 그 신
기한 물을 마시고 싶어 부끄러움도 잊고 온갖 재롱
을 다 부렸습니다.

　늠름해야 할 정글의 왕자가 가련한 거지가 되어
버리고 만 것입니다.

　이제 코코는 바나나도 비스킷도 싫었습니다. 오
로지 단물 외에는 아무것도 먹고 싶지 않았습니다.

온종일 마을을 헤매다가 저녁때가 되면 그 커다란
뱃가죽이 텅텅 비어서 축 늘어졌고, 위에서는 쪼르
륵 소리가 났습니다.

　이런 때 코코는 오랫동안 잊고 있었던 숲 속이
생각났습니다. 그 곳에서는 코끼리들이 마음껏 활
개치며 돌아다녔습니다.

　'푸른 풀이 끝없이 펼쳐진 초원이 그립구나! 그
　곳에 가면 먹을 것이 얼마든지 있겠지?'

　코코는 사람들이 잠든 고요한 마을을 빠져 나와
곧장 숲 속으로 달렸습니다.

　높다란 하늘에 휘영청 달이 밝았습니다. 숲 가까
이에 이르자 인간 세계에서 맛보지 못한 상쾌한 향
기가 코를 찔렀습니다.

　코코의 몸 속에서 지금껏 느껴 보지 못했던, 자
기도 모르는 강력한 어떤 힘이 솟아오르는 것 같았

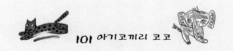

습니다.

　코코는 자기를 잊은 듯 무작정 숲 속으로 뛰어들어갔습니다. 그리고 수풀 속에 코를 처박고 야들야들한 나무 순을 찾았습니다.

　하지만 갑자기 뛰어든 코코를 본 숲 속의 동물들은 도망을 가느라고 정신이 없었습니다. 나무 위에 있던 원숭이들은 일제히 소리를 지르며 썩은 가지를 걷어 코코에게 마구 집어 던졌습니다.

　"얘들아, 왜 그래? 왜 그래?"

　그러나 아무도 코코를 반겨 주지 않았습니다. 하이에나도, 표범도, 노루도, 그리고 부엉이도 코코를 보자마자 걸음아 날 살려라 하고 도망치기에 바빴습니다.

　"도망치자! 기분 나쁜 냄새가 나!"

　"저 코끼리에게선 고약한 사람 냄새가 나는걸!"

　　숲 속의 동물들은 이렇게 속삭이며 도망을 쳤습니다. 코코의 살갗에는 인간 세계의 냄새가 아주 짙게 배어 있었던 것입니다. 그래서 아무도 코코를 상대해 주지 않았습니다. 게다가 숲 속에 있는 먹을 것이라는 것도 인간 사회에 길들여진 코코의 입에는 하나도 맞지 않았습니다.

　　'난 여기서는 살 수가 없겠구나. 먹을 것도 아무 것도 없고…. 다시 마을로 가야겠어.'

　　드디어 코코는 아무것도 먹지 않은 채, 허전하게 마을로 되돌아오고 말았습니다.

　　바로 이 무렵, 코끼리 사냥꾼으로 유명한 군인 하나가 이 마을에 왔습니다. 이 날 마을을 어슬렁거리고 있는 코코를 보고 그 군인은 깜짝 놀랐습니다. 만일 이와 같은 의젓한 코끼리가 정글 속에 있다면 사람들이 얼씬도 못 할 것이지만, 여기서는

사람들 앞에서 춤을 추며 재주를 부리고 있으니 말입니다.

"야, 이놈 참 괴상한 놈이로구나! 코끼리다운 맛이 하나도 없잖아!"

이 군인은 이 때까지의 코코에 대한 이야기를 마을 사람들에게 듣고서 더욱 놀랐습니다. 그리고 배를 움켜잡고 웃어댔습니다.

"우하하하! 코끼리가 술을 마셔? 그런 줄 알았으면 정글의 코끼리들에게 모조리 술을 먹여 몽땅 사로잡아 버릴 걸 그랬군!"

군인은 장난삼아 코코에게 독한 술을 세숫대야 하나 가득 먹였습니다. 코코는 좋아서 어쩔 줄 몰라했습니다.

"허허, 이 코끼리 좀 봐! 별 재주를 다 부리는군!"

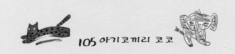

코코는 재주를 부리라고 하지도 않았는데 있는 대로 온갖 재주를 다 부렸습니다. 그리고 술에 한껏 취해 정신 없이 비틀비틀 걸어갔습니다. 머릿속이 텅 비어 아무 생각도 나지 않았습니다.

'에이 참, 다리가 왜 이렇게 무겁담! 얄밉게도 말을 안 듣는군.'

코코는 드디어 마을 어귀 한적한 곳에 벌렁 넘어지고 말았습니다.

어느 새 해님이 기울고 사방이 어두워졌지만, 코코는 밤이 된 것도 몰랐습니다.

다음 날 아침, 마을 사람들은 코코가 죽어 있는 것을 발견했습니다. 정글의 왕이 되었어야 할 코코는 가엾게도 이렇게 숨을 거두고 말았습니다.

손바닥 백과

🍎 호주의 초등 학생들

　　호주(오스트레일리아)는 본디부터 살던 원주민을 비롯하여 1788년부터 영국에서 옮겨 온 백인, 우리 나라나 중국 등 아시아에서 이민 온 황인종, 아프리카 등지에서 온 흑인 등 여러 인종이 섞여 사는 다민족 국가입니다.

　　그러므로 초등 학교의 한 반을 이루는 학생들도 피부 색깔이 가지가지입니다. 한 반의 학생 수는 20명 안팎이며, 보조 선생님이 있어 담임 선생님을 도와 주신답니다.

　　아래 사진은 멜버른 시 모너시 초등 학교 친구들의 모습입니다.

신나는 파티

선생님들과 함께 찰칵!

땜장이 자크

    살기 좋은 아일랜드에 자크라는 가난한 땜장이
가 살고 있었어요.

    가난하기는 하지만 그래도 자크에겐 자기 집도
한 채 있었지요. 그리고 비록 작긴 하지만 정원에
는 맛 좋은 사과가 주렁주렁 열리는 사과나무도 한
그루 있었어요.

아일랜드 : 대서양 북동쪽에 있는 섬.

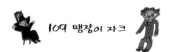

그가 일거리를 찾아 온 나라 안을 떠돌아다니는 동안에 그의 아내는 집과 사과나무를 정성껏 돌보았어요.

어느 날, 자크는 길을 가다 나그네 한 사람을 만났어요.

"안녕하세요?"

자크가 모자를 벗으며 상냥하게 인사를 건네자 나그네가 말했어요.

"마음씨가 참 따뜻한 사람 같구려. 소원이 있으면 세 가지만 말해 보시오. 내가 들어 주겠소. 이런 기회는 다시 오기 어려우니까 잘 생각해서 말해야 하오."

자크는 곰곰 생각하다가 말했어요.

"우리 집에는 의자가 한 개밖에 없답니다. 그래서 저를 만나러 오는 사람이 거기에 앉으면 저는

서 있어야 해요. 그 의자에 앉는 사람은 누구든
지 제가 명령을 하기 전에는 일어설 수 없었으면
좋겠어요."

"쉬운 소원이오. 그렇게 해 주리다. 그 다음, 두
번째 소원을 말해 보시오. 이번에는 좀더 나은
부탁을 해 보오."

나그네의 말에 자크는 잠시 생각에 잠겼다가 말
했습니다.

"우리 집 정원에 말예요, 아주 맛있는 사과가 열
리는 나무가 한 그루 있답니다. 그런데 툭하면
온 동네 개구쟁이들이 몰려와서 몰래 따 가곤 하
지 뭡니까. 제 명령이 떨어지기 전에는 사과 도
둑들이 나무에 붙어서 내려올 수 없었으면 좋겠
어요."

"쯧쯧, 겨우 그런 소원을? 좋소. 그럼 마지막 소

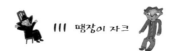

원을 말해 보시오. 다시 기회가 없으니 잘 생각해서 말하도록 하오!"

자크는 나그네의 말에 고개를 끄덕이더니 꽤 오랫동안 생각하다가 말했어요.

"제 아내는 집안일 때문에 항상 바쁘답니다. 양털이나 자잘한 물건들을 담아 두는 큰 가죽 자루가 하나 있는데, 장난꾸러기 아이들이 우리 집에 오면 그걸 거꾸로 쏟아 놓곤 하지요. 그러면 아내가 그걸 다시 치우느라 여간 고생을 하는 게 아니거든요. 제 명령이 떨어지기 전에는 그 자루 안에 들어 있는 것들이 밖으로 쏟아져 나오지 않았으면 좋겠어요."

자크의 말에 어이가 없어진 나그네가 자크에게 말했어요.

"좋아요. 그런데 당신은 참 바보 같구려. 세 가

지 소원이란 것이 겨우 그런 하찮은 것들뿐이란 말이오?"

나그네는 쯧쯧 혀를 차며 멀어져 갔어요. 좋은 기회를 주었는데, 그 기회를 놓쳐 버린 자크가 답답했던 거지요.

가난하긴 해도 마음만은 천하 태평인 자크는 집으로 돌아가는 발걸음을 빨리 했어요.

집에 돌아온 지 얼마 되지 않아서, 자크는 다리를 다쳤어요. 자크가 1년 내내 돈을 한푼도 벌지 못하고 누워 있자, 그의 가족은 굶다 못해 거의 죽을 지경에 이르렀어요.

그러던 어느 날, 낯선 사람 하나가 불쑥 그의 집에 찾아왔어요.

"호, 이거 큰일나겠군! 자크, 당신 가족은 머지 않아 모두 굶어 죽게 될 것 같아. 그러기 전에

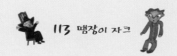

나와 계약을 하나 맺는 것이 어떨까? 7년 뒤에 당신이 나를 따라가겠다고 약속만 해 주면, 그 때까지 당신들이 부족함 없이 잘 살 수 있게 해 주지!"

"뭐라고요? 당신은 누구요?"

자크는 놀라서 벌떡 일어나 앉으며 소리를 질렀어요.

"나? 하하하, 나를 모르겠나? 나는 저승 사자야."

"아무튼 좋아요. 다른 방도가 없으니, 당신의 제의를 받아들이겠소. 때가 되면 당신을 따라가지요."

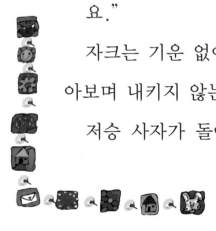

자크는 기운 없이 누워 있는 굶주린 자식들을 돌아보며 내키지 않는 소리로 웅얼거렸어요.

저승 사자가 돌아가고 난 뒤, 자크는 정말로 부

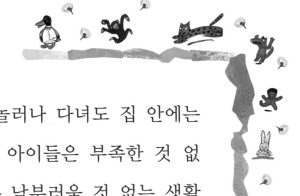

자가 되었어요. 이리저리 놀러나 다녀도 집 안에는 먹을 것이 넘치고, 아내와 아이들은 부족한 것 없이 살 수 있었지요. 자크는 남부러울 것 없는 생활 속에 행복한 나날을 보냈어요.

7년이 지난 어느 날, 저승 사자가 다시 나타나 그의 집 문을 두드렸어요.

"자, 드디어 시간이 되었다. 인제 나를 따라가야겠어. 그 동안 내가 약속을 지켰으니, 물론 너도 약속을 지키겠지?"

저승 사자가 말했어요.

"물론이고말고요! 그래야지요. 떠나기 전에 잠깐 사랑하는 아내에게 작별 인사를 하고 오겠소. 잠깐이면 돼요. 잠시 이 의자에 앉아 기다려 주세요. 오래 걸리지는 않을 거요."

저승 사자는 무심코 의자에 앉았어요. 잠시 후에

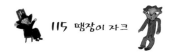

115 땜장이 자크

자크가 돌아와 말했어요.

"그럼 이제 출발하시지요!"

아니, 그런데 이게 웬일입니까?

저승 사자가 의자에서 일어나려고 해도 몸이 움직여지지 않았어요.

"어! 어! 왜 이래?"

발버둥치고 미친 듯이 몸부림을 쳤지만 소용 없는 짓이었어요.

저승 사자는 손가락 하나도 움직일 수가 없었지요. 마침내 저승 사자는 의자에 자기 몸이 완전히 달라붙어 어쩔 수 없다는 것을 깨닫고 자크에게 말했어요.

"좋아! 다시 네게 시간을 7년 더 주고 지금보다 두 배나 더 잘 살도록 해 줄 테니, 나 좀 움직일 수 있게 해 줘."

"그렇다면 좋아요. 그만 일어나서 돌아가세요."

자크의 말에 저승 사자는 의자에서 일어나 번개같이 사라졌어요.

자크는 그 때부터 앞서의 7년 동안보다 갑절이나 더 잘 살 수 있게 되었어요. 그러나 7년이란 시간도 갑절이나 빠르게 흘러갔어요.

7년 뒤에 저승 사자가 의기양양한 모습으로 다시 나타나 문을 두드렸어요.

"흥! 이번에는 어림없어! 의자 같은 데는 앉지도 않을 거야. 그러니 지난번처럼 허튼 짓 하면 안 돼! 지금 당장 떠나자구!"

자크는 채비를 차리고 집을 나서다 말고 저승 사자에게 말했어요.

"저승 사자님, 마지막으로 제가 정성껏 보살피던 사과나무를 한번 보고 갔으면 좋겠는데요. 허락해 주시겠어요?"

"좋아! 그깟 사과나무 보는 것쯤이야……."

저승 사자가 허락을 했어요.

둘은 붉게 익은 탐스러운 사과가 주렁주렁 열린 사과나무가 있는 마당으로 갔어요.

"가다가 우리가 먹을 사과를 몇 개 따면 어떨까요? 당신이 키가 크니까 잘 익은 것으로 몇 개만 따 주시겠어요?"

"오, 그거 좋은 생각이군!"

저승 사자는 자크의 말에 선뜻 나무 위로 올라갔어요. 그런데 그는 사과나무에 달라붙어 내려올 수가 없게 되었어요. 나무에 매달린 채 마치 늙은 허수아비처럼 흔들렸지요.

"어어! 왜 이래? 왜 이러냐고?"

저승 사자가 아무리 내려오려고 몸부림을 쳐 봐도 헛수고였어요.

"이런 괘씸한 녀석! 혼나기 전에 썩 내려 주지 못해!"

화가 나서 어쩔 줄을 모르며 고래고래 소리를 지르던 저승 사자는 마침내 지쳐서 자크에게 이렇게 사정했어요.

"나를 내려 주면 다시 시간을 7년 더 주고 세 배로 더 잘 살게 해 줄게."

"그렇다면 좋아요."

이렇게 해서 나무에서 내려온 저승 사자는 뒤도 돌아보지 않고 도망쳤어요.

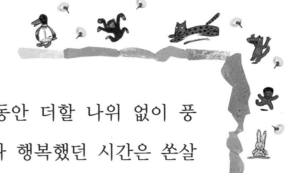

　자크의 가족은 또 7년 동안 더할 나위 없이 풍족하게 잘 살았어요. 그러나 행복했던 시간은 쏜살같이 흘러 저승 사자가 다시 찾아왔어요.

　"이번에 또 나를 속인다면 용서하지 않을 거야. 너를 지옥에 던져 나를 괴롭힌 대가를 톡톡히 치르게 할 테다."

　"잘 알고말고요. 어서 출발합시다."

　자크는 아내에게 작별 인사를 한 다음, 등에 가죽 자루를 메고 저승 사자를 따라 길을 떠났어요.

　한참을 걷다가 땜장이 자크가 입을 열었어요.

　"저는 어릴 때 몸이 매우 날쌨어요. 툭하면 이 작은 자루에 들어갔다 나왔다 하는 놀이를 했지요. 자루에 들어갈 수 있는 사람은 나밖에 없었거든요."

　"흥! 그런 놀이쯤은 바보라도 할 수 있어."

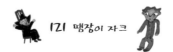

저승 사자가 웃으며 말했어요.

"설마! 당신이 그 놀이를 할 수 있다고요? 당신은 절대로 할 수 없어요. 내기를 해도 좋아요. 당신은 너무 둔하고 서툴러요."

자크가 자루를 열자마자 저승사자는 서슴없이 두 발을 모아 펄쩍 뛰어들어갔어요.

이렇게 해서 저승 사자는 또 갇히는 신세가 되고 말았지요.

"어이쿠! 또 속았구나! 자크 이놈! 자루를 열지 못해!"

저승 사자는 자기가 또 당했다는 것을 알고 목이 터져라 고함을 질렀지만, 자크는 들은 척도 하지 않았어요.

자루를 메고 한참을 걷던 자크는 남자들이 도리깨로 밀을 타작하고 있는 넓은 들

판에 이르렀어요.

　"수고가 많으시군요! 이 자루가 둔하고 무거워서 그러는데, 좀 두들겨서 말랑말랑하게 해 줄 수 없겠소?"

　그들은 자크의 청을 순순히 받아들여 자루를 힘껏 두들겨 주었어요.

　그러나 자루가 어찌나 질긴지 도리깨가 부러지고 말았지요.

　그들은 화가 나서 소리쳤어요.

　"자루를 들고 썩 가 버려요! 사람으로 둔갑한 저승 사자라도 넣어 가지고 다니나, 원 참!"

　"그럴지도 모르지요."

　자크는 폭 눌러 쓴 모자 아래로 빙긋이 웃으며 대꾸했어요.

　계속해서 길을 가던 자크는 어느 물레방앗간에

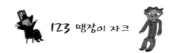

다다랐어요.

"이 자루를 부드럽게 하고 싶은데, 방아로 찧어 줄 수 있겠소?"

자크가 물레방앗간 주인에게 부탁을 하자 주인은 기꺼이 그러자고 했어요.

그런데 이게 웬일입니까? 자루 안에서 '삐그덕삐그덕' 하고 이상한 소리가 나는 거예요. 주인은 소스라치게 놀랐지요. 그리고 갑자기 물레방아까지 멈춰 버리자 주인은 화가 머리끝까지 났어요.

"꺼져 버려, 이 친구야! 도대체 뭘 넣어 가지고 다니는 거야? 아이구머니나! 저승 사자를 넣어 가지고 다니나 보네."

"아마 그럴 거요."

자크는 대답을 하고 다시 자루를 어깨에 메고 그

곳을 떠났어요.

얼마 후에 자크는 건장한 남자 여섯 명이 큰 망치로 굵은 쇠막대를 내려치고 있는 대장간에 이르렀어요.

"수고들 하십니다. 이 작은 자루가 너무 뻣뻣해서 그러는데, 망치로 좀 두들겨 주실 수 없겠습니까?"

"그럽시다! 그까짓 것쯤이야, 뭐……."

대장장이들이 망치로 힘껏 자루를 내려치기 시작했어요. 망치로 내려칠 때마다 가죽 자루가 천장까지 튀어올랐지요.

더욱더 화가 난 대장장이들은 망치를 더욱 세게 내려쳤어요.

그러나 마침내 진이 빠진 대장장들이 망치질을 멈췄어요.

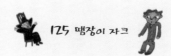

"허참! 이 안에 저승 사자라도 들어 있나?"

대장장이들이 투덜거렸어요.

그런데 그들 가운데 한 사람이 화가 나서 벌겋게

달구어진 쇠로 자루 안을 쑤셨어요.

"으악! 뜨거워!"

저승 사자는 죽는다고 비명을 질러 댔어요.

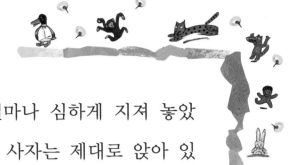

저승 사자의 엉덩이를 얼마나 심하게 지져 놓았
는지, 글쎄 이 불쌍한 저승 사자는 제대로 앉아 있
을 수도 없을 정도였어요.

"자크! 제발 나를 내보내 줘. 다시는 너의 집 근
처에 얼씬도 하지 않을게. 그리고 지금보다 네
배나 더 잘 살게 해 줄게, 응?"

"흠…, 그렇다면 좋아요."

그 때서야 자크는 자루를 열어 저승 사자를 내보
냈어요.

저승 사자는 멍든 다리로 절뚝거리며 걸음아 날
살려라 도망쳤지요.

집에 돌아온 자크는 가족들과 함께 오래오래 부
자로 잘 살았어요.

어느덧 세월이 많이 흘러 자크도 늙고 힘이 빠졌
어요.

자크는 슬슬 세상을 떠날 때가 왔다는 것을 알고
는 천국의 문을 두드렸어요.

"냉큼 돌아가거라! 네가 살아 있을 때 한 짓을
생각하면, 절대로 너를 이 곳에 받아들일 수 없
느니라."

천국의 문 안에서 누군가가 매몰찬 목소리로 말
했어요.

자크는 할 수 없이 물러나 이번에는 지옥의 문을
두드렸어요.

"누구냐?"

"땜장이 자크입니다."

자크가 대답하자, 잔뜩 겁을 먹은 목소리가 들려
왔어요.

"뭐라고? 그 고약한 자크라고? 너라면 절대로
여기에 들여 놓을 수 없다. 나를 얼마나 때리고

엉덩이를 지져 놓았는지, 지금까지도 앉아 있기
가 힘들단 말야."
이렇게 해서 자크는 천국에도 지옥에도 갈 수 없
는 신세가 되고 말았대요.

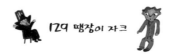

심술궂은 여우, 공주의 약이 되다

어느 곳에 나쁜 짓만 고르고 골라서 하는 심술궂 기 짝이 없는 여우가 살고 있었어요.

하루는 이 여우가 갈대를 가지고 놀다가 우연히 잎을 잘라 냈어요. 그러자 마치 순례자가 가지고 다니는 지팡이 모양이 되는 게 아니겠어요?

'오호라! 거참 재미있겠는걸. 순례자의 지팡이를 가진 여우라…….'

그 때 그 근처에 있던 어떤 수탉이 담장 위에서 '꼬끼오!' 하고 크게 울었어요.

사람들에게 아침 기도 시간을 알리기 위한 것이었지요.

여우가 그 담장 앞을 지나가자 수탉이 놀리면서 말했어요.

"아니, 이게 누구야? 여우님 아닙니까? 오늘은 또 무슨 일을 저지르려고 순례자의 지팡이 같은 이상한 것을 들고 가십니까?"

여우는 아주 겸손한 태도로 허리를 굽혀 인사하며 말했어요.

"수탉님, 안녕하세요? 매일 아침 일찍 사람들에게 아침 기도 시간을 알리느라고 굉장히 힘드시

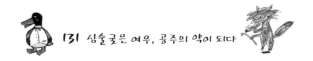

131 심술궂은 여우, 공주의 약이 되다

지요? 사실은 말예요, 저는 어젯저녁에 신께 굳게 맹세했어요. 지금까지 저지른 나쁜 행동을 뉘우치고, 메카를 향해서 순례를 떠나겠다고 말입니다."

"여우님, 그게 정말이오?"

"더 이상 나쁜 짓을 하면 되겠습니까?"

수탉은 여우가 진정으로 잘못을 뉘우치는 것 같아서 크게 감동을 받았어요.

"그거 훌륭한 생각이군요. 그럼 나도 같이 가도 되겠습니까?"

"좋고말고요. 혼자 가는 길이 심심했는데 잘 되었습니다. 같이 갑시다."

이렇게 해서 여우와 수탉은 함께 순례 길을 떠났어요.

여우와 수탉이 조금 걷다 보니 강에서 오리가 헤

메카 : 사우디아라비아 남서쪽에 있는 도시. 이슬람교의 창시자 마호메트가
태어난 곳으로 이슬람교 최고의 성지이다.

엄을 치고 있었어요.

오리는 여우와 수탉이 나란히 오는 것을 보자 화들짝 놀라서 물었어요.

"이게 웬일인가요, 수탉님? 당신처럼 믿음직스러운 분이 어째서 저 못된 여우와 함께 걷고 있나요?"

"오리님, 여우님은 어젯저녁에 잘못을 뉘우치고 지금 메카로 순례를 가는 길이랍니다. 잘못을 뉘우치면 누구나 다 깨끗해진다고 하지 않습니까?"

"그거야 그렇지요. 그럼 나도 함께 가도 될까요?"

"좋고말고요."

이렇게 해서 여우와 수탉, 그리고 오리가 다시 길을 떠났어요.

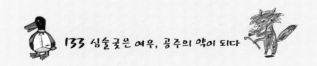

어떤 나무 앞을 지나가고 있는데 가지에 앉아 있
던 공작새가 소리쳤어요.

"이럴 수가! 어떻게 이런 일이? 당신들 모두 정
신이 나간 것 아니오? 여우와 함께 산책을 하다
니, 제정신이 아닙니다그려."

"공작새님, 여우님은 마음을 바꿨답니다. 그래서

우리들과 함께 메카로 순례를 가는 길이랍니다."

그러자 공작새가 고개를 끄덕이며 말했어요.

"그것 참 반가운 일이네요. 그렇다면 나도 함께 가고 싶군요. 하늘을 날면서 물 있는 곳이 보이면 여러분에게 가르쳐 드리겠습니다."

"좋습니다."

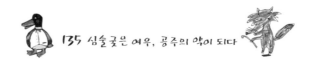

이렇게 해서 이젠 공작새까지 함께 길을 가게 되
었어요.

넷이서 한참을 걸어가자 앞쪽에 여우굴이 보였
어요.

수탉이나 오리나 공작새는 언제나 여우에게 쫓
기는 처지였기 때문에, 여우굴을 보자마자 무서운
생각이 들어 몸을 부들부들 떨었지요.

여우가 웃으면서 말했어요.

"여러분, 저는 어제의 그 여우가 아니니 아무 걱
정 하지 마세요. 저는 마음을 고쳐 먹었습니다.
단 한 마리의 아기참새한테도 손을 대지 않을 겁
니다. 그러니까 지난 일은 잊어버리고 오늘 밤은
우리 집에서 편안히 쉬세요."

그래서 동물들은 여우에게 맛있는 음식을 대접
받은 후 안심하고 잠자리에 들었어요.

이튿날, 날이 밝아 오기 시작하자 여우는 갑자기 마음이 바뀌었어요. 그래서 심통이 난 목소리로 수탉에게 말했어요.

"네 이놈, 수탉아. 어제 아침에 내가 순례 지팡이를 가지고 걷고 있을 때 네가 나를 놀렸던 것을 기억하겠지?"

수탉은 깜짝 놀라서 부들부들 떨며 조그마한 목소리로 말했어요.

"네? 하지만 저는 당신이 마음을 바꾼 것을 몰라서 그랬어요. 그 때는 제가 잘못했어요."

"좋아, 그건 그렇다 치자. 그런데 새벽부터 째지는 소리로 귀청 떨어지게 울어서 얼마나 시끄러운 줄 알아? 게다가 믿음이 깊다는 네가 매일 암탉을 쫓아다니다니, 창피하지도 않니? 너는 살 가치가 없어."

여우는 이렇게 말하고 나서 냉큼 수탉을 잡아먹어 버렸어요. 그런 다음 여우는 오리를 깨워 이렇게 물었어요.

"너, 어제 내가 수탉과 함께 걸어갈 때 네가 뭐라고 했는지 기억나지?"

"어이쿠, 여우님. 어제는 당신이 마음을 바꾼 것을 몰랐기 때문에 그만……. 잘 모르고 당신을 못된 여우라고 불렀던 거예요. 여우님, 용서해 주세요."

오리는 울면서 여우에게 빌었어요.

"흥, 그건 좋아. 그건 그렇고, 네가 항상 시끄럽게 첨벙거리면서 헤엄을 치는 바람에, 몸을 깨끗이 씻으려는 사람들이 얼마나 불편을 겪는지 알아? 오리 너는 그것만으로도 죽을 이유가 충분해."

여우는 말을 마치자마자 또 날름 오리를 삼켜 버렸어요.

그리고 마지막으로 공작새를 깨워 말했어요.

"야, 이놈아! 너, 어제 내가 수탉과 오리를 데리고 가고 있을 때 뭐라고 했지?"

"네, 여우님. 어제는 여우님이 마음을 바꾼 것을 모르고 주제넘은 말을 했어요. 다 모르고 한 짓이니 제발 불쌍히 여겨 주세요."

"좋아! 그건 그렇다 치고, 나는 지금 매우 목이 말라. 물을 찾아 줘!"

"네, 여우님!"

공작새가 물을 찾으려고 돌아서자, 여우는 뒤에서 달려들어 공작새를 덥석 물었어요.

공작새는 발버둥치면서 말했어요.

"자비로운 여우님, 저를 잡아먹기 전에 한 마디

만 유언을 들어 주세요!"

"안 돼!"

여우가 이렇게 말하느라 입을 벌린 순간, 공작새는 재빨리 여우의 입 밖으로 빠져 나왔어요.

'후유, 살았다!'

가까스로 빠져 나온 공작새는 하늘 높이 날아올랐어요.

바로 그 때, 숲 저 쪽에서 왕의 부하들이 무리를 지어 오고 있는 것이 보였어요. 그 중에서도 왕이 키우는 매가 제일 앞에 서서 공작새 쪽으로 날아왔어요.

공작새가 매에게 물었어요.

"용감하신 매님, 오늘은 모두 어디에 가십니까?"

"왕의 명령으로 여우를 찾고 있단다. 실은 공주님이 중한 병에 걸렸는데, 병을 고칠 수 있는 약

은 여우의 간과 토끼의 심장뿐이라지 뭐냐? 토끼는 잡았는데, 여우를 못 잡아 사흘 동안이나 헤매고 다니는 중이란다."

"아, 그러세요? 그렇다면 제가 여우굴로 안내해 드리지요."

공작새는 이렇게 말하고 나서 매와 왕의 부하들을 데리고 날아갔어요. 그리고 여우굴에 도착하자 문 앞에서 소리쳤어요.

"훌륭하신 여우님! 어서 몸을 피하세요. 지금 왕의 부하들이 여우님을 잡으러 오고 있어요. 빨리 뒷문으로 도망치세요!"

여우가 앞문을 열어 보니 정말 왕의 부하들이 다가오고 있었어요.

'으악! 걸음아, 날 살려라!'

여우는 서둘러 뒷문을 통해 밖으로 도망쳤어요.

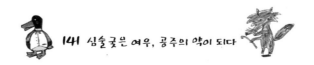

심술궂은 여우, 공주의 약이 되다

그러나 이미 왕의 부하들이 밖에서 기다리고 있었기 때문에 여우는 나오자마자 그 자리에서 붙잡혔어요.

이렇게 해서 여우는 궁전으로 잡혀 가서 공주의 약으로 바쳐졌어요. 물론 여우의 간을 먹은 공주는 다시 건강해졌답니다.

문병을 간 코끼리

러시아의 어느 마을에 타냐라는 어린 소녀가 오랫동안 병을 앓고 있었어요.

날마다 의사가 타냐의 집에 들렀는데, 이따금 낯선 의사들이 다녀가기도 했어요. 의사들은 타냐의 등과 배에 귀를 대고 무언가 듣기도 하고, 눈꺼풀을 뒤집고 들여다보기도 했어요.

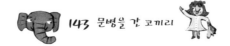

그럴 때마다 의사들은 고개를 갸우뚱거리고 혀를 차며 심각한 얼굴로, 타냐가 알아들을 수 없는 말로 서로 이야기를 주고받았어요.

머리가 하얗고 키가 크며 금테 안경을 쓴 의사는 타냐의 어머니에게 오랫동안 무언가를 열심히 이야기했어요.

타냐는 그 이야기를 대부분 알아듣지 못했어요. 하지만 타냐 자신에 관한 이야기라는 것만은 알았어요.

타냐의 어머니는 눈물이 고인 눈으로 의사를 쳐다보았어요. 그 의사는 작별 인사를 하면서 큰 소리로 말했어요.

"무엇보다도 따님이 외로움을 타지 않도록 해 주어야 합니다. 따님이 짜증을 부리더라도 다 받아 주세요."

"하지만 제 딸은 짜증을 잘 부리지
않는데요."

"아프기 전에 따님이 무엇을 좋아했는지 잘 생각
해 보세요. 좋아하던 장난감이나 과자 같은 것
들……."

"아무것도 생각나지 않아요. 우리 타냐는 좋아하
는 것이 아무것도 없답니다."

"좋아요. 그러면 따님이 무엇에 관심을 기울이는
지 잘 지켜 보세요. 만약 어머니가 따님을 기쁘
게 할 수 있다면, 그것이 가장 좋은 약입니다.
어머니도 아시다시피, 따님의 병명은 '무관심' 입
니다. 아무것에도 관심을 갖지 못하고 흥미를 느
끼지 못하는 병입니다. 다른 어떤 병도 아닌 바
로 '무관심' 이라는 병입니다. 그럼, 안녕히 계십
시오."

의사가 돌아가자 어머니는 곧장 어린 딸에게 갔
어요.

"오, 타냐. 귀여운 내 딸아, 갖고 싶은 거 없
니?"

어머니가 다정하게 물었어요.

"없어요, 엄마. 아무것도 필요 없어요. 갖고 싶
은 거 하나도 없어요."

"어때, 엄마가 네 인형들을 침대에 가져다 줄까?
우리, 장난감 소파와 안락의자, 테이블과 차 세
트도 놔 두자. 인형들이 차를 마시면서 이런저런
이야기를 재미나게 할 거야."

"고마워요, 엄마. 그렇지만 나는 싫어요. 재미
없는걸."

"초콜릿은 어때? 한 조각 먹을까?"

"먹기 싫어요. 입맛이 없어요."

타냐는 날이 갈수록 몸이 약해지고 건강이 나빠졌어요. 타냐는 그저 아무 말 없이 죽은 듯이 누워만 있었지요.

타냐의 방문이 열려 있을 때, 타냐는 서재에 아버지가 서 있는 것을 보았어요. 아버지는 서재를 왔다갔다하며 계속해서 담배를 피워 대더니 타냐의 방으로 들어왔어요.

아버지는 타냐의 작은 침대 끝에 앉아 조용히 타냐의 다리를 쓰다듬더니 벌떡 일어나 창문으로 다가갔어요.

'오오, 타냐. 귀여운 내 딸아!'

한참 동안 어깨를 떨며 흐느껴 울던 아버지는 황급히 손수건을 꺼내 눈물을 닦더니 서재로 돌아갔어요.

어느 날 아침, 타냐는 여느 때보다 가뿐하게 잠

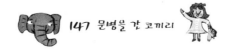

에서 깼어요. 타냐는 지난밤에 꾸었던 꿈이 생각났
어요.

"엄마 아빠, 코끼리가 보고 싶어요."

"그래? 애야, 조금만 기다리렴! 금세 가져다 줄
게."

아버지는 반가워하며 즉시 외투와 모자를 걸치
고 밖으로 나갔어요.

30분쯤 지나, 아버지는 멋진 코끼리 장난감을
사 들고 돌아왔어요. 그러나 타냐는 장난감을 힐끗
쳐다보고 말했어요.

"에이, 장난감말고 진짜 살아 있는 코끼리를 보
고 싶어요. 이건 살아 있는 코끼리가 아니잖아
요."

"타냐야, 아빠 말 좀 들어 보렴. 코끼리는 몸집
이 너무너무 커서 우리 집에 들어올 수가 없단

다. 그리고 대체 어디에서 코끼리를 데려올 수 있겠니?"

"아빠, 저는 그런 커다란 코끼리는 필요 없어요. 그냥 살아 있는 작은 코끼리를 데려오시면 돼요. 아기코끼리 말예요."

"얘야, 아빠는 우리 딸에게 뭐든지 다 해 주고 싶단다. 하지만 코끼리는 아무래도 어려울 것 같구나."

타냐는 아버지의 말을 듣고 슬프게 울었어요.

안절부절못하며 서재를 왔다갔다하던 아버지가 급히 다시 밖으로 나갔어요.

두 시간 뒤, 타냐의 아버지는 동물 쇼를 하는 동물원에 다다랐어요.

코끼리는 세 마리였는데 한 마리는 크고 두 마리는 작은 아기코끼리였어요. 그래도 아기코끼리는 말보다 키가 컸어요. 둔한 모습을 한 커다란 코끼리가 어려운 묘기를 부리는 것이 신기했어요. 특히 커다란 어미코끼리가 잘했어요.

그 코끼리는 처음에는 두 발로 서더니, 나중에는 물구나무를 서고, 나무통 위를 걸어다니고, 굴림통을 굴리기도 했어요. 또한 테이블에 앉아 턱받이를 두르고 얌전하게 식사도 했어요.

쇼가 끝나자 동물들은 무대 뒤로 나갔어요.

타냐의 아버지는 몸이 뚱뚱한 동물원 주인에게 다가갔어요.

"미안합니다만, 여기 코끼리를 우리 집으로 잠깐 데려가면 안 될까요?"

동물원 주인은 깜짝 놀라 눈을 커다랗게 뜨고 말했어요.

"데려간다고요? 우리 코끼리를요? 무슨 말씀을

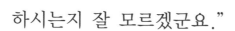

하시는지 잘 모르겠군요.”

타냐의 아버지는 모든 사실을 털어놓았어요. 하나밖에 없는 딸 타냐가 의사도 알 수 없는 병을 앓고 있다는 이야기를.

“물론 저는 제 딸아이의 병이 빨리 낫기를 바라지요. 그런데 그 아이의 병이 자꾸만 나빠져요……. 이러다가 갑자기 그 애가 죽는 것은 아닌지 모르겠어요. 제 딸아이의 마지막 소원을 들어 주지 못한다면, 평생 동안 너무나 괴로울 겁니다!”

동물원 주인은 망설이는 듯 작은 손가락으로 눈썹을 쓰다듬었어요.

“음…, 따님이 몇 살이죠?”

“여섯 살입니다.”

“내 딸 리자와 동갑이군요. 한데 경찰에서 코끼

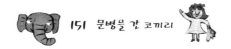

리를 집으로 데려가는 것을 허락할까요?"

"제가 부탁해 보겠습니다."

"그리고 또, 당신 집 주인이 코끼리를 집으로 데려가는 것을 허락할까요?"

"물론입니다. 제가 집 주인이니까요."

"잘 됐군요! 그럼 당신은 몇 층에 사십니까?"

"2층입니다."

"음… 우리 코끼리 토미는 키가 2미터 30센티미터가 넘고, 길이는 2미터 80센티미터나 되거든요. 그리고 토미는 몸무게가 1.8톤이나 되니까, 미리 점검해 볼 부분이 많겠군요."

타냐의 아버지는 잠시 생각했어요.

"그럼 당장 우리 집으로 가서 점검해 봅시다. 필요하다면 벽을 뚫어서라도 입구를 넓히도록 하지요."

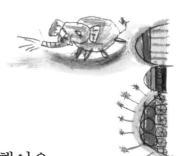

"그럽시다!"

동물원 주인은 아버지의 정성에 감동했어요.

밤이 되자, 코끼리가 타냐에게 손님으로 초대되었어요. 하얀 옷을 입은 코끼리는 길 한가운데를 따라 터벅터벅 소리를 내며 걸어갔어요. 꽤 늦은 시간이었지만 코끼리 주위에 많은 사람들이 몰려들었어요.

코끼리는 타냐가 살고 있는 집에 거의 다 왔어요. 집 안으로 들어가는 대문을 비롯하여 부엌문까지 모든 문이 활짝 열려 있었지요.

그러나 코끼리는 계단 앞에서 올라가지 않으려고 고집을 부렸어요.

동물원 주인이 말했어요.

"코끼리가 좋아하는 걸 주면 됩니다."

타냐의 아버지는 커다란 빵을 사 왔어요.

동물원 주인은 빵을 네 조각으로 나눠 코끼리에게 한 조각만 주었어요.

코끼리는 빵이 맛있는지 코를 뻗어 남은 빵을 집으려고 했어요. 그러나 동물원 주인은 손에 빵을 들고 계단을 따라 위로 올라갔어요. 빵을 더 먹고 싶은 코끼리는 코를 길게 뻗고 귀를 활짝 펴면서 동물원 주인을 뒤따라갔어요.

2층에 올라오자 코끼리는 두 번째 빵 조각을 먹었어요. 동물원 주인은 그런 식으로 코끼리를 다시 부엌으로 데려갔어요.

부엌에는 벌써 가구가 모두 치워져 있고 푹신한 짚이 깔려 있었어요. 코끼리가 부엌으로 들어가자, 코끼리 앞에 신선한 채소를 놓아 주었어요. 그리고 동물원 주인은 코끼리 옆에 놓인 소파에 누워 잠을 잤어요.

다음 날 아침, 눈을 뜬 타냐가 어머니에게 물었어요.

"엄마, 코끼리가 왔어요?"

"그럼! 오고말고!"

어머니의 대답에 타냐의 얼굴에 환한 웃음꽃이 피었어요.

"그런데 코끼리가 너에게 깨끗이 세수를 하고 나서 신선한 우유 한 컵과 찐 달걀 한 개를 먹은 다음에 오라고 그러더구나."

타냐가 고개를 끄덕이며 물었어요.

"그 코끼리는 착해요?"

"아주 착하단다! 얘야, 어서 먹고 코끼리를 보러 가야지."

타냐는 찐 달걀과 우유를 남김없이 먹고 차도 마셨어요. 그리고 유모차를 타고 코끼리가 있는 부엌으로 갔어요. 너무 기운이 없어서 걸을 수가 없었기 때문이지요.

코끼리는 타냐가 생각한 것보다, 그림에서 보던 것보다 훨씬 더 컸어요. 코끼리의 키는 천장에 닿을 정도로 컸고, 길이는 거의 부엌을 절반이나 차지하리만큼 어마어마했어요. 살갗은 매우 거칠고 주름투성이였으며, 발은 마치 큰 기둥 같았어요. 또한 긴 꼬리는 마당을 쓰는 비 같았어요. 눈은 아주 작았으나 영리하고 착해 보였어요. 코는 마치 긴 뱀처럼 생겼는데, 코끝은 부드럽고 민첩한 손가락 같았어요.

그러나 타냐는 조금도 놀라지 않았어요.

동물원 주인이 타냐에게 다가가서 다정하게 말했어요.

"안녕? 얘야, 무서워하지 마라. 우리 토미는 아

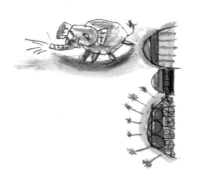

주 착하고, 아이들을 좋아한단다."

"저는 하나도 안 무서워요."

타냐는 고개를 까닥이며 코끼리에게 인사를 했어요.

"안녕하세요, 토미? 밤새 안녕히 주무셨어요?"

타냐는 코끼리에게 손을 뻗었어요.

코끼리는 타냐의 가느다란 손을 커다란 코로 조심스레 잡더니 고개를 끄덕였어요.

"아저씨, 토미가 제 말을 알아듣나요?"

"그럼! 다 알아듣는단다."

"다만 말만 못 하는군요?"

"그래, 말만 못 하지. 아저씨한테도 너만한 딸이 있는데, 이름은 리자란다. 토미와 리자는 아주아주 친한 사이지."

타냐는 코끼리에게 빵을 주었어요.

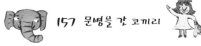

　코끼리는 빵을 코로 조심조심 잡은 다음, 코를
동그랗게 구부려 코 아래 어디엔가 감추었어요. 그
러더니 우스꽝스럽게 생긴 코끼리의 아랫입술이 움
직이기 시작했어요.

　토미가 빵을 다 먹자, 소녀는 코끼리에게 자기
인형들을 보여 주었어요.

　"토미, 이 예쁜 인형의 이름은 소냐랍니다. 아주
아주 착한데 조금 변덕스러워요. 수프를 잘 먹지
않아서 엄마의 애를 태우곤 하거든요. 또 이 인
형은 나타샤인데 소냐의 동생이에요. 너무너무
영리해서 벌써 글자를 다 읽을 줄 안답니다. 자,
토미. 우리 함께 재미있게 놀아요. 토미는 아빠
가 되고, 나는 엄마가 되고, 인형들은 우리의 아
이들이에요."

　코끼리는 웃으며 인형을 코로 집어 입으로 가져

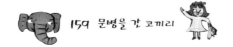

갔어요. 그리고 그 인형을 약간 깨물더니, 다시 타냐의 손 위에 올려놓았어요.

그 다음에 소녀는 코끼리에게 그림이 들어 있는 커다란 책을 보여 주고, 친절하게 이야기를 해 주었어요.

"이 새의 이름은 카나리아예요. 아, 여기 아기코끼리가 있네요. 그런데 조금도 닮지 않았지요? 사실 코끼리는 이렇게 조그맣지 않잖아요. 그렇죠, 토미?"

토미는 이 세상에 그렇게 작은 코끼리가 없다는 것을 이미 알고 있는 듯했어요. 그리고 그림이 별로 마음에 들지 않는 것 같았어요.

점심 시간이 되었어도 타냐는 코끼리 옆에서 떨어지려고 하지 않았어요. 그래서 타냐는 코끼리와 함께 점심을 먹었어요.

　코끼리 맞은편에는 타냐가 앉았어요. 그리고 그 사이에는 식탁을 놓았어요.

　코끼리는 목에 턱받이를 두르고 식사를 했어요. 타냐는 닭고기 수프를 먹고, 빵가루를 발라 튀긴 고기도 먹었어요. 코끼리는 여러 가지 채소와 샐러드와 빵을 먹었어요.

　어느덧 저녁이 되어 타냐가 잠자리에 들 시간이 되었어요. 그러나 아무도 타냐를 코끼리 옆에서 떼어 놓을 수 없었지요. 그래서 타냐는 코끼리 옆에서 잠이 들었고, 타냐가 잠든 뒤에야 타냐를 방으로 옮겨 놓을 수 있었어요.

　타냐는 아주 깊이 잠이 들어, 엄마가 옷을 갈아 입히는지조차 몰랐어요.

　그 날 밤 타냐는 꿈을 꾸었어요. 꿈 속에서 타냐는 코끼리에게 시집을 갔어요. 타냐는 수많은 작고 귀여운 아기코끼리들을 낳았어요.

　동물원으로 되돌아간 코끼리도 그 날 밤 꿈을 꾸었어요. 코끼리도 꿈 속에서 귀엽고 상냥한 타냐를 보았어요.

　이튿날 아침 타냐가 잠에서 깨어났을 때, 타냐는 무척 건강해 보였어요. 아프기 전처럼 타냐는 온 집 안이 울리도록 소리쳤어요.

　"엄마, 배고파요! 빨리 우유 좀 주세요!"

　이 말을 들은 타냐의 어머니는 침실에서 감사 기도를 드렸어요.

　타냐는 어제 일을 기억해 내고 물었어요.

　"코끼리는요?"

　그러자 타냐의 어머니는, 코끼리에게는 아기코끼리가 있어서 자기 집으로 돌아갔다고 말했어요. 그리고 타냐가 건강해지거든 꼭 동물원에 놀러 오

라고 초대했다는 말도 전해 주었지요.

　"토미에게도 전해 주세요. 전 벌써 깨끗이 다 나
았는걸요! 아이, 가뿐해!"

　타냐가 방긋 웃으며 말했어요. 그리고 벌떡 일어
나더니 엄마의 품에 와락 안겼어요.

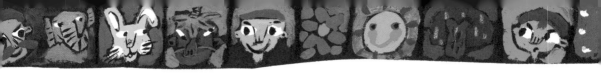

용감한 꼬마 개

옛날옛날에 키 작은 꼬마 할아버지와 키 작은 꼬마 할머니가 작고 오래 된 집에서 꼬마 개 터피와 함께 살고 있었습니다.

그런데 집 밖 숲 속에는 꼬마 도깨비들이 살고 있었습니다.

도깨비들은 밤마다 꼬마 할아버지의 작은 집을 향해 기어올라 꼬리를 세차게 흔들며 달려오곤 했습니다. 부드러운 잔디를 짓밟으면서요.

"집을 부숴! 집을 부숴! 할아버지는 잡아서 데려가고, 할머니는 잡아먹어 버리자!"

이렇게 고래고래 소리지르며 쳐들어왔습니다.

그러나 꼬마 개 터피는 언제나 그들이 오는 소리를 알아챘습니다.

그들이 가까이 다가오려고 하면 꼬마 개는 있는 힘을 다해 짖어 댔습니다.

멍! 멍! 멍! 멍!

정말로 온 힘을 다해서 짖고 또 짖습니다. 참다 못한 도깨비들이 도망칠 때까지 쉬지 않고 짖어 댑니다.

"어유, 저 얄미운 꼬마 개 터피!"

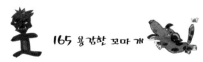

165 용감한 꼬마 개

"저놈 때문에 집도 못 부수고 이게 뭐야?"

꼬마 도깨비들은 꼬마 개 터피 때문에 꼬마 할아버지네 집을 부수지 못하고 투덜거리며 돌아가곤 했습니다.

그러나 꼬마 할아버지와 꼬마 할머니는 이 일에 대해 조금도 알지 못했습니다. 심술궂은 꼬마 도깨비들이 가까이에 살고 있는 것도 몰랐고, 꼬마 도깨비들이 자신의 집을 노리고 있다는 것도 전혀 눈치채지 못했습니다.

그도 그럴 것이, 꼬마 개 터피가 항상 꼬마 도깨비들이 가까이 오지 못하게 미리 겁을 주어 쫓아 보냈기 때문입니다.

그러던 어느 날 밤중에 꼬마 할아버지가 침대에 앉아서 꼬마 할머니에게 말했습니다.

"터피가 밤중에 너무 짖어 대서 도저히 잠을 이

룰 수가 없구려. 도대체 저 개가 왜 저렇게 앙앙 거리며 짖는지……. 내일 아침에는 단단히 혼을 내 줘야겠소. 다시는 짖지 못하게 꼬리를 잘라 버려야겠어!"

그 다음 날 아침에 꼬마 할아버지는 일어나자 마 마당으로 나가서 꼬마 개 터피의 꼬리를 싹둑 잘라 버렸습니다. 꼬마 개 터피가 밤마다 너무 크게 짖어 대서 도무지 잠을 이룰 수가 없었기 때문 이지요.

그 날 밤 꼬마 할아버지와 꼬마 할머니가 잠을 자려고 누웠을 때, 숲 속으로부터 꼬마 도깨비들이 또 꼬마 할아버지의 집을 향해 오기 시작했습니다. 꼬마 할아버지의 작은 집을 향해 기어올라 부드러운 잔디를 짓밟고 꼬리를 세차게 흔들며 달려왔습니다.

"집을 부숴! 집을 부숴! 할아버지는 잡아서 데려가고, 할머니는 잡아먹어 버리자!"

이렇게 목이 터져라 고래고래 소리지르며 쳐들어왔습니다.

그러나 작은 개 터피는 언제나 그랬듯이 그들이 가까이 다가오는 소리를 듣고 있는 힘을 다해 짖기 시작했습니다.

멍! 멍! 멍! 멍!

정말로 온 힘을 다해 짖고 또 짖기를, 꼬마 도깨비들이 더 이상 그 집 가까이 오지 못하고 도망칠 때까지 했습니다.

꼬마 도깨비들은 꼬마 개 터피 때문에 오늘도 그 집을 부수지 못하고 돌아갔습니다.

그러나 아무것도 모르는 꼬마 할아버지는 침대에 앉아서 꼬마 할머니에게 말했습니다.

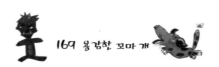

"정말 짜증나는군! 할멈, 오늘 밤에도 꼬마 개 터피가 너무 심하게 짖어 대서 잠을 이룰 수가 없구려. 도대체 저 개가 왜 저렇게 짖어 대는지……. 내일 아침에는 더 단단히 혼내 줘야겠소. 다시는 짖지 못하게 이번에는 다리를 잘라 버려야겠어!"

그 다음 날 아침에 꼬마 할아버지는 일어나자마자 마당으로 나가서 꼬마 개 터피의 다리를 잘라 버렸습니다. 어젯밤에도 꼬마 개 터피가 너무 심하게 짖어 대서 도무지 잠을 이룰 수가 없었기 때문이지요.

그 날 밤 꼬마 할아버지와 꼬마 할머니가 잠을 자려고 누웠을 때, 또다시 숲 속으로부터 꼬마 도깨비들이 집을 향해 달려오기 시작했습니다.

꼬마 할아버지의 작은 집을 향해 기어올라 부드

러운 잔디를 짓밟고 꼬리를 거칠게 흔들며 달려왔습니다.

"집을 부숴! 집을 부숴! 할아버지는 잡아서 데려가고, 할머니는 잡아먹어 버리자!"

목청을 다해 소리소리 지르며 쳐들어왔습니다. 그러나 꼬마 개 터피는 언제나 그랬듯이 그들이 오는 소리를 듣고, 그들이 가까이 다가오려고 하자 죽을 힘을 다해 짖기 시작했습니다.

멍! 멍! 멍! 멍!

꼬마 개 터피는 정말로 온 힘을 다해 짖고 또 짖기를, 꼬마 도깨비들이 더 이상 그 집에 가까이 오지 못하고 도망칠 때까지 했습니다. 꼬마 도깨비들은 오늘도 꼬마 개 터피 때문에 꼬마 할아버지네 집을 부수지 못하고 돌아갔습니다.

그러나 여전히 아무것도 모르는 할아버지는 침

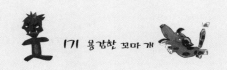

대에 앉아서 할머니에게 마구 불만을 털어놓았습니다.

"방정맞은 터피가 오늘 밤에도 너무 짖어 대서 잠을 이룰 수가 없구려. 도대체 저 꼬마 개가 왜 저렇게 짖어 대는지……! 내일 아침에는 아예 터피의 목을 잘라 버려야겠소. 나는 제발 조용히 살고 싶어."

그 다음 날 아침에 꼬마 할아버지는 일어나자마자 마당으로 나가서 작은 개 터피의 목을 잘라 버렸습니다. 왜냐하면 작은 개 터피가 어젯밤에도 너무너무 크게 짖어 대어 도무지 잠을 이룰 수가 없었기 때문이지요.

그 날 밤 꼬마 할아버지와 꼬마 할머니가 잠을 자려고 누웠을 때, 숲 속으로부터 꼬마 도깨비들이 수도 없이 집을 향해 달려오기 시작했습니다. 꼬마

도깨비들은 금세 꼬마 할아버지네 집의 야트막한 담장을 기어올랐습니다. 부드러운 잔디를 밟고 꼬리를 거칠게 흔들며 달려왔습니다.

"집을 부숴! 집을 부숴! 할아버지는 잡아서 데려가고, 할머니는 잡아먹어 버리자!"

무섭게 소리소리 지르며 쳐들어왔습니다.

꼬마 개 터피는 언제나 그랬듯이 그들이 오는 소리를 듣고 그들이 가까이 오는 것을 알았으나, 꼬마 할아버지가 목을 잘라 버렸기 때문에 더 이상 짖을 수가 없었습니다.

꼬마 개 터피는 더 이상 짖을 수도 없고, 꼬마 도깨비들을 더 이상 겁 주어 도망치게 할 수도 없었습니다.

그래서 꼬마 도깨비들은 그 집을 부수고 안으로 들어갔습니다. 그런데 그들은 꼬마 할아버지를 잡

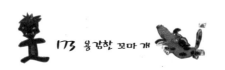

173 용감한 꼬마 개

아갈 수가 없었습니다. 꼬마 할아버지가 재빨리 부엌의 식탁 아래로 들어가서 꼭꼭 숨었기 때문이지요.

그러나 꼬마 도깨비들은 꼬마 할머니를 붙잡아서 자기네 집으로 끌고 갔습니다. 그리고 꼬마 할머니를 자루에 넣은 다음, 그 자루를 문의 손잡이에 매달아 놓았습니다.

꼬마 할아버지는 꼬마 도깨비들이 꼬마 할머니를 끌고 간 것을 알자 가슴이 무너져 내리는 듯 아팠습니다.

그리고 이제야 매일 밤 꼬마 개 터피가 그렇게 죽어라고 크게 짖어 댔던 이유도 알게 되었습니다. 자신이 꼬마 개 터피에게 저지른 짓이 너무나 후회스러웠습니다.

"엉엉! 나는 정말로 어리석은 늙은이야. 그 충성

스러운 꼬마 개 터피를 몰라 보고 그렇게 했으
니……. 지금이라도 터피의 꼬리와 다리와 목을
붙여 줘야겠구나.”

꼬마 할아버지는 마당으로 나가서 꼬마 개 터피
의 몸을 원래대로 다시 정성껏 붙여 주었습니다.
그러자 꼬마 개 터피는 네 다리로 꼬리를 흔들며
힘차게 일어났습니다.

멍! 멍! 멍! 멍!

꼬마 개 터피는 힘차게 짖으며, 꼬마 할아버지보
다 앞서서 꼬마 도깨비들의 집으로 달려갔습니다.
꼬마 할머니를 구하기 위해서였지요.

꼬마 개 터피는 한참을 달리고서야 꼬마 도깨비
들의 집에 이르렀습니다.

꼬마 도깨비들은 때마침 집에 없었습니다.

그들은 밖에 나가면서 꼬마 할머니를 여전히 문

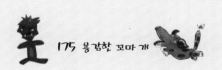

손잡이에 매달아 놓았습니다. 꼬마 할머니는 문고리에 대롱대롱 매달린 채 캄캄한 자루 속에서 숨만 겨우겨우 쉬었습니다.

　꼬마 개 터피는 자루를 발견하자마자 날카로운
이빨로 온 힘을 다해 문고리에 묶여 있는 끈을 물
어뜯었습니다. 그리고 자루가 바닥으로 내려오자
꼬마 할머니가 나올 수 있도록 자루 입구를 열어
주었습니다.

　꼬마 할머니는 꼬마 개 터피와 함께 있는 힘을
다해 꼬마 할아버지에게 달려갔습니다.

　꼬마 할머니를 본 꼬마 할아버지는 너무나 반가
워서 할머니를 껴안고 눈물을 흘렸습니다. 그들은
서로를 보고 또 보며, 마치 죽었던 사람이 살아난
듯 기뻐했습니다. 정말로 꼬마 할머니는 꼬마 도깨
비들에게 끌려가 죽을 뻔했지요. 지혜롭고 용감한
꼬마 개 터피가 아니었더라면요.

　꼬마 개 터피는 꼬마 도깨비들의 집으로 돌아가
서 꼬마 할머니를 잡아 두었던 자루 안으로 기어들

어갔습니다. 그리고 거기서 꼬마 도깨비들이 돌아
오기를 기다렸습니다.

마침내 꼬마 도깨비들이 돌아왔습니다. 그들이
돌아오자마자 처음으로 한 일은 긴 손가락으로 그
자루를 찔러 보는 것이었습니다.

"헤헤. 안녕, 꼬마 할멈?"

꼬마 할머니가 무사히 있는지를 확인해 본 것이
지요. 그들이 꼬마 할머니가 그 안에 있다고 확인
하고 안심하는 순간, 꼬마 개 터피가 자루에서 뛰
쳐나와 있는 힘을 다해 사납게 짖어 대기 시작했습
니다.

"으악! 꼬마 도깨비 살려!"

꼬마 도깨비들은 너무나 놀라서 허겁지겁 도망
쳤습니다. 그들은 너무너무 놀라서 멀리멀리 달아
났습니다.

　너무나 멀리멀리 달아났기 때문에 다시는 자기들의 집으로 돌아오지 못했습니다.

　꼬마 도깨비들은 지금까지도 돌아오지 못하고 있고, 그래서 우리는 그 꼬마 도깨비들을 볼 수 없는 것이랍니다.

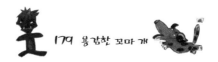

국에 넣는 돌

옛날옛날에 한 남자가 있었습니다.

그 남자는 얼마나 가난한지 음식을 살 돈이 단 한푼도 없었습니다. 그래서 그는 언제나 배가 고팠습니다.

　어느 날, 그는 어떻게 하면 저녁 한 끼를 때울 수 있을까 생각하며 터벅터벅 길을 걷다가 길가에 있는 돌 하나를 주웠습니다. 돌도 그냥 돌이 아닌 커다란 돌을요.

　그는 그 돌을 들고 걷다가 불쑥 길가의 어느 집 문을 두드렸습니다.

　아주머니 한 분이 문을 열고 나왔습니다.

　"안녕하세요, 아주머니?"

　남자가 상냥하게 인사를 했습니다.

　"안녕하세요? 무슨 일로 오셨죠?"

　인사를 하며 아주머니는 남자가 들고 있는 돌을 쳐다보았습니다. 그걸 알아챈 남자는 얼른 대답하였습니다.

　"아! 이 돌은요, 국에 넣는 돌이랍니다."

　남자의 말에 아주머니가 깜짝 놀라면서 물었습

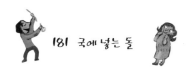

니다.

"어머나, 세상에! 국에 넣는 돌도 있나요?"

"물론이지요. 이 돌을 국에 넣으면 국이 아주 맛
있어진답니다"

"국을 맛있게 하는 돌이라고요? 지금까지 살아
오면서 그런 이야기는 한 번도 들어 본 적이 없
는데요. 그럼, 아저씨는 그런 돌을 많이 갖고 계
신가요?"

"아뇨. 너무나 귀하기 때문에 딱 이것 하나뿐입
니다."

"그런데 그 돌이 정말로 국을 맛있게 만들어 주
나요?"

"그럼요, 정말 맛있는 국을 만들 수 있습니다.
한번 보여 드리고 싶군요. 만약 아주머니만 괜찮
으시다면, 제가 집에 들어가서 국을 끓여서 맛을

보여 드릴 수 있을 텐데……."

"들어오세요. 어서 들어오세요. 당장에 냄비를
준비할게요."

그 남자는 집 안으로 들어가게 되었고, 아주머니
는 재빨리 요리할 준비를 해 주었습니다.

남자는 냄비의 바닥에 돌을 놓고, 거기에 물을
가득 부은 다음 불을 켰습니다. 잠시 후에 냄비 속
의 물이 끓기 시작했습니다.

그러자 남자는 끓는 물을 저으며 자세히 들여다
보더니 혼자만 들을 수 있으리만큼 작은 목소리로
중얼거렸습니다.

"음, 정말로 맛있다. 정말로 맛있어!"

"벌써 다 되었나요?"

궁금해서 못 견딜 지경이 된 아주머니가 물었습
니다.

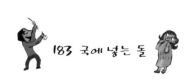

"오, 아니에요. 아직 안 됐어요."

남자는 계속 말을 이었습니다.

"조금만 기다리세요. 정말로 맛있는 국이 되어 가고 있어요. 그런데 아주머니, 혹시 당근 같은 것은 집에 조금 없나요?"

"네, 있어요."

"음, 당근 몇 조각을 넣으면 국맛이 훨씬 좋아질 것 같아요. 당근이 더 풍부한 맛을 내 줄 테니까요."

남자의 말에 아주머니가 얼른 자리에서 일어나며 말했습니다.

"맞아요. 얼른 가서 당근을 가져올게요."

아주머니는 서둘러 당근을 가져와서 남자에게 주었고, 그는 당근을 국에 넣었습니다.

그 남자는 끓는 국을 젓고 자세히 들여다보더니

또다시 작은 소리로 웅얼거렸습니다. 그리고 여자
에게 물었습니다.

"저, 혹시 집에 양파 남은 것 없나요?"

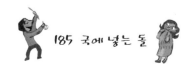

185 국에 넣는 돌

아주머니가 고개를 끄덕이며 물었습니다.

"양파를 이 국에 넣어야 하나요?"

"있으면 좋지요. 지금도 국맛이 기막히게 좋지만, 여기에 양파가 들어가면 완벽한 맛이 될 것 같아서요."

이렇게 하여 국에 양파도 넣게 되었습니다.

그 남자는 끓는 국을 젓고 자세히 들여다보더니 또 혼자만 들릴 소리로 웅얼웅얼 무언가를 말하다가 아주머니에게 말했습니다.

"이제 정말 국이 다 되어 가는데, 좀더 집어 넣을 것이 있으면 가져오세요. 무엇이든지 괜찮아요. 닭, 소금, 후추 같은 것이 있으면 좋을 텐데……."

"물론 다 있어요. 제가 당장 가져올게요."

아주머니는 당장에 그 남자가 말한 것을 모두 가

져왔고, 남자는 닭고기와 소금과 후추를 넣어 마지막으로 맛을 냈습니다.

그리고 이 돌을 넣은 국은 세상에서 두 번 다시 맛볼 수 없는 맛있는 국이라고 말했습니다.

그 남자는 국을 몇 시간 가량 더 끓인 뒤, 국에 넣는 돌을 제외한 다른 재료들을 모두 건져 냈습니다. 국이 거의 다 완성되었지만, 돌이 국을 맛있게 만들기 때문에 돌만은 좀더 우려 내야 한다고 하면서요.

남자는 더욱더 맛을 내기 위해 국을 마지막으로 조금 더 끓였습니다.

마침내 남자는 돌도 국에서 건져 냈습니다.

오! 이렇게 맛있는 국이 되었을 줄이야!

이 돌은 어떻게 이렇게 맛있는 국을 만들었을까요?

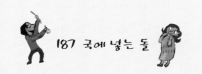

"국이 너무너무 맛있어요!"

아주머니가 감탄을 하며 말했습니다.

"국을 이렇게 맛있게 만드는 돌이 있다니! 저는 정말로 처음 알았어요. 저도 이런 돌이 하나 있으면 얼마나 좋을까요……."

"아까도 말했지만, 이 돌은 여러 개 있는 게 아니라서……."

남자가 어렵게 거절했습니다.

"아마 아주머니는 이 돌을 구하기가 쉽지 않을 겁니다."

아주머니가 고개를 끄덕이며 말했습니다.

"당연히 쉽지 않겠지요. 하지만 어떻게 구할 방법이 없을까요? 저는 정말로 이런 돌이 꼭 하나 있었으면 좋겠어요. 꼭요! 그러면 매일 이렇게 맛있는 국을 먹을 수 있지 않겠어요?"

"음, 그러면 어쩌지요?"

남자는 한참 동안 깊이 생각에 잠겼습니다. 그러더니 결심을 한 듯 말문을 열었습니다.

"아주머니가 제게 친절을 베풀어 주셨으니, 이 돌을 아주머니께 드리고 가겠습니다. 물론 제게도 하나뿐이지만 드리겠습니다. 저는 아마도 다른 것을 발견할 수 있을 겁니다."

"오! 정말이세요? 정말 그렇게 해 주시겠어요? 당신에게도 중요한 것을 제게 그냥 주시다니, 정말 고맙습니다. 한 번도 가져 본 적이 없는 국에 넣는 돌을 갖게 되었다는 것이 믿어지지가 않아요! 감사합니다!"

그 남자는 돌을 아주머니에게 주고 그 곳을 떠났습니다.

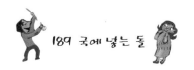

　그 가난한 남자가 다시 배가 고프게 될 때, 그가 무엇을 할지 아시겠지요?

　그는 다시 몸을 구부려서 돌 하나를 주울 것이고, 그 돌은 '국에 넣는 돌'이라고 불리게 될 것입니다.

　이 남자가 세상을 살아가는 방법은 바로 이것이랍니다.

논술 기초 다지기

재미있게 읽어 보았나요? 다음의 문제를 풀면서 논술의 기초를 튼튼하게 다져 보세요.

1 〈천덕꾸러기 꼬리〉를 읽어 보고, 각각 무엇이 늑대에게 한 말인지 ( ) 안에 써 보세요.

① 나는 바위와 강을 뛰어넘으며 열심히 달려서 너를 이 곳으로 데려 왔어.　(　　　)

② 나는 먼저 오른쪽에서 나는 소리에 귀를 기울였어. 그리고 왼쪽에서 나는 소리와 비교했지. 그래서 도망갈 방향을 정확히 알려 주었던 거야.　(　　　)

③ 나는 앞에 무엇이 있는지 정확히 바라보았어. 그래서 어느 길이 가장 안전한지를 판단하여 그 길로 이끌었지.　(　　　)

④ 나는 그 큰 사냥개들에게 너를 잡으라고 열심히 흔들어 신호했단다. 사냥개들을 불러 너를 바짝 따라오게 했지!　(　　　)

2 〈생강빵 소년〉에서, 할머니는 왜 사내 아이 모양의 생강빵을 만들었나요?

① 손자로 삼으려고　　　② 아들로 삼으려고

③ 먹으려고　　　　　　④ 여우에게 선물하려고

3 〈여우와 호박벌〉에서, 누가 호박벌을 삼켰나요?

① 돼지   ② 꼬꼬닭   ③ 여우   ④ 작고 노란 여자의 아들

4 〈아홉 다음은 더하기 하나?〉를 읽어 보았나요?
여러분이라면 10개의 공깃돌을 어떻게 세겠습니까?

5 〈아기코끼리 코코〉를 읽고 느낀 점을 써 보세요.

6 〈심술궂은 여우, 공주의 약이 되다〉에서, 여우의 꾐에 빠져 함께
순례 여행을 떠나게 된 동물들의 순서가 맞는 것에 ○하세요.

① 수탉 – 오리 – 공작새

② 오리 – 공작새 – 수탉

③ 공작새 – 수탉 – 오리

7 〈국에 넣는 돌〉을 읽어 보았나요? 주인공 남자에게 해 주고 싶은
이야기를 써 보세요.